W0085620

Matthias Stührwoldt ist Bauer und Schriftsteller zugleich. Er wurde 1968 geboren, lebt mit seiner Frau und seinen fünf Kindern im schleswig-holsteinischen Stolpe und bewirtschaftet dort einen 75 ha großen Bio-hof. In seinen Büchern präsentiert er fantasievolle Anekdoten und Kurzgeschichten über das Leben auf dem Land. »Ich glaube, ich wäre ein schlechterer Bauer, wenn ich nur Bauer wäre und ein schlechterer Autor, wenn ich nur Autor wäre.« Stührwoldt beschreibt seinen Alltag mit unerschütterlichem Humor. Neben Kühe melken und Gülle fahren, nimmt er sich auch immer Zeit zum Schreiben. Seine Bücher heißen »Verliebt Trecker fahren«, »Schubkarrenrennen« oder aber »Nützt ja nix« (aller schienen im ABL Bauemblatt Verlag GmbH). Im Quickborn-Verlag liegen mit »Schnack vernünfti mit mi ...« und »Lever he as ik!« zwei plattdeutsche Bücher vor, die auch als Hörbücher erschienen sind.

Matthias Stührwoldt

Gassi gahn!

Quickborn-Verlag

2. Auflage 2013

ISBN 978-3-87651-375-1

© Copyright 2012 by Quickborn-Verlag, Hamburg
Umschlagfotos: Günter und Roland Pump, Nordhastedt/Eggstedt
Gesamtherstellung: CPI – Clausen & Bosse GmbH, Leck
Der Umwelt zuliebe
auf chlorfrei gebleichtem Papier gedruckt
Printed in Germany

Inhalt

In de Kook. 7

Dr. Koltzes Töövstuuv 10

De Huuswirtschaftslehrling 13

Schlittschohlopen 15

Oma plückt Maiglöckchen 18

Bett mit Utsicht 21

Gassi gahn 24

De Resteschwien 26

De Babykatt 29

De Arbeitsvermeidungs-App 31

Handwerkersprüche 33

Gewalt gegen Saken 36

Melken mit Mudder 39

An Mors kleien 42

Keen Eenspänner 45

Een Welt, vull mit Geschichten 47

Kieler Week 55

Trampolinland 58

De LAN-Party-Killer 60

Internetbanking 62

De Kugelschriever 64

Golden Hochtiet 66

Dat Paradies 70

Mien Klassenlehrer 74

He is doch unsen Jung! 76

Hotties un Unhotties 78

Feldbettenfrünnen 81

Wi Globetrottels 84

Ünnerwegens 87

Melken 89

Gassi gahn *(Dat Hörbook)* 93

In de Köök

Ik weet gor nich, worüm dat bi Mudder in de Köök jümmer so gemütlich weer. An't schummerige Licht hett dat nich legen. Bi uns in de Köök geev dat nämlich jümmer blots eene Lamp, boven an de Deck, eene witte Neonröhre, een Meter föfftig lang, 100 Watt. De hell de ganze Köök in grellet, scharpet Licht, vun wiet boven, denn unse Köök is hoch, dree Meter föfftig. De Neonröhre weer jüst lingelang över unsen Disch, un in Sommer hüng op jede Siet vun de Lamp een Flegenfänger rünner, son geelen, gedreihten, klebrigen Flegenfänger. Wenn wi an't Eeten weern, denn keken uns vun düsse Flegenfänger jümmer Hunderte vun dode Flegen to. Ik kann mi nich darop besinnen, dat Mudder de Flegenfängers jichtenswann mol uttuscht hett. De hüngen dar so lang, bit ok de letzte geele Placken schwatt weer. Jedenfalls weern dar jümmer veele dode Flegen an, un dar weren ok jümmer welk, de weern noch nich ganz doot, un de brummen de ganze Tiet över unse Köpp, wenn wi an't Eeten weern, in all ehren Jammer, ehren Kummer, ehren Kampf un ehre Vertwieflung. Un machmol klevte de Klever nich mehr richtig, un zack! harrst du eene halvdode Fleeg op dien Brot! Lecker!

Un schmökt hebbt de Lüüd in Mudder ehr Köök! Darmols geev dat ja noch keene Rookmelders, de harrn in Mudder ehr Köök wiss Dueralarm hatt! Mudder harr in de Köök eene Schuuvlaad mit Besökerzigaretten. Merstendeels weern dat Lux oder Lord Extra. In Mudder ehr Köök weer Schmöken jedenfalls ümsünst, un dat hebbt de Lüüd utnutzt. Dar hebbt sogor de Lüüd schmökt, de eegentlich Nichtschmöker weern. Kost hett dat nix, un de Kippen müssen ja weg. Sünst weern se villich noch schlecht worrn. Dat güng ja nich. Also schmöken de Lüüd, as wenn dat keen Morgen geev. Se drünken Kaffee oder Beer oder Lütt un Lütt un in Winter Grog un schmöken un eten Koken oder Plätten un schmöken un schnackten un schmöken un lachen un schmöken. De harrn ehren Spoß un schmöken un jichtenswann weer denn wegen den Rook ok de Neonröhre nich mehr to sehn, un dat Licht weer schummerig un rein gemütlich.

In den Bistellherd harr Mudder jümmer Füer, ok in Sommer, un darmols geev dat noch keenen Grönen Punkt op de Verpackungen. De Bistellherd weer unse eegene lütte Köken-Müllverbrennungsanlaag, un in den Holtkasten vör den Herd steek jümmer de Fellerflünk vun eene Aant, de wohrschienlich för

8

den Rest vunt Leven mit blots eenen Flünken rüm-
lopen müss. Mit den Flünk wörr de Asch tosamen
feegt, un unsen Köter leeg vör den Herd in de
Warms, tosamen mit de Katt. Un machmol leegen
wi Gören noch mit darbi.

As ik al seggt heff: Ik weet nich, worüm dat bi
Mudder in de Köök jümmer so gemütlich weer.
Aver gemütlich weer dat, dat kann ik ju vertellen.

Dr. Koltzes Töövstuuv

In mien Heimatdörp, in Stolpe, gifft dat keen Dokter. Hett dat noch nie geven. Un in Stolpes Randbezirk Wankendörp, dat is sone Ort wildwuchernde Wurmfortsatz, in Wankendörp mit siene rund dreedusend Inwohners gifft dat hüüt – wenn ik mi nich vertellt heff – fief Allgemeinärzte. Fröher, as ik Kind weer, dar geev dat in Wankendörp een Allgemeinarzt. Dr. Koltze, oder, as all de Lüüd seggen: Hans Messer. De weer nicht blots Allgemeinarzt, nee, de weer Gemeinarzt. Ik harr jümmer son beten Angst vör em.

Wenn du hüüt nah den Dokter hin wullt, denn meldst du di an Tresen an un warrst opropen, wenn du an de Tour büst. So kannst du ganz entspannt in de Töövstuuv sitten un de Bunte oder de Gala oder dat Neue Blatt lesen, bit de Arzthölpersch kümmt un di mitnimmt.

In Hans Messer sien Töövstuuv weer dat anners. De weer jümmer vull bit an Anschlag, un dar geev dat nix to lesen. All de Lüüd seten dar un keken leer un

10

leidig vör sik hen, keener schnackte, all harrn se Angst vör Hans Messer un noch mehr vör sien Fru, de weer sien Chefhölpersch un een richtigen Drachen, un denn güng eene Bimmel un de Lamp över de Döör güng an, darop stünn: »Der Nächste bitte«, un jichtenseen stünn op un güng zitternd un zögernd rut ut de Töövstuuv.

Ik weer noch recht lütt, dar müss ik al alleen nah Dr. Koltze hen, Mudder müss ja arbeiten op den Hof oder in de Köök. Ik weet noch, wo anstrengend ik dat funn, mi all de Lüüd to marken, de vör mi in de Töövstuuv weern. Ik keem rin, seet mi daal un heff vertwiefelt versöcht, all de Lüüd mit ehr Gesichter aftospiekern, üm genau Bescheed to weten, wann ik an de Tour weer. Ik müss mi richtig kunzentreeren, ik heff sünst nix mitkregen, keene Geräusche, nix. Ik weer mit Lüüd marken utlastet. Un denn güngen welk rut un annere keemen rin un dat wöör all nich lichter dardörch, un mancheen Erwassenen, de nehmen de Kinner nich ernst un drängeln sik vör, un dat brööch mi denn ganz dörcheenanner un ik wuss gar nich mehr wieder, bit de Lamp wedder angüng un keener stünn op, un de Fru neven mi stööt mi an un sä: »Stah op, du büst an de Tour!« un ik fröög: »Woher wissen Sie das?« un se anter: »Du büst doch jüst vör mi hierin komen, dat heff ik mi markt. Du musst di blots den letzten marken, vör di.« Un ik stünn op un güng nah Hans Messer rin, mit weeke Knee.

11

Bi't nächste Mol wüss ik denn Bescheed. Un denn heff ik ok mitkregen, wo de Lüüd dat mookt hebbt. De keemen rin un frögen: »Moin! Wer war der Letzte?« Un eener wies op, un blots den müss man sik marken.

Vun dar an weer dat vör mi nich mehr so schrecklich anstrengend, nah Dr. Koltze hen to gahn. Schlimm noog weer dat liekers, bi den Gemeinarzt Hans Messer un sien Fru.

De Huuswirtschaftslehrling

As ik een Teenager weer, dar heff ik mien Kumpel
Olli jümmer beneid. He weer öller, he weer cool,
he kunn schmöken, ohn to hosten. Aver dat wich-
tigste weer wat anners.
Mien Broder un ik, wi sünd morgens jümmer vun
mien Mudder weckt worrn. Mudder weer to de
Tiet aver jümmer al in Stall, un üm uns to wecken,
hett se de Stallkledaasch nich uttrocken. Se stünn
denn jümmer ünnen in de Köök un bölk dörch dat
ganze Hus: »Uuudooo! Maaaddi! Aufstehn!« Un
wenn sik denn boven nich forts wat röög, keem se
in Gummistebeln un Melkerschört de Trepp hoch.
Eenmol harr ik dat, dat Mudder mit een Mol vör
mien Bett stunn un mi anstünk un anbölk, dat ik nu
aver forts in de Gangen müss. Ik kann ju vertellen,
so will keen een opweckt warrn.
Bi Olli weer dat anners. Sien Öllern weern Pächter
vun een Gutshof in unse Neegde, un Olli sien
Mudder weer Huuswirtschaftsmeisterin. In Ollis
Familie weer ümmer een Huuswirtschaftslehrling,

jedet Johr een frischen. Olli wörr nich vun sien Mudder weckt, sünnern jümmer vun een Huuswirtschaftslehrling. Meist vun een schmucke Deern. Un wenn se nich schmuck weer, denn wenigstens jung un rosig un meist recht kernig.

Mien Vörstellung vun Olli sien Opwecken weer etwa so: De Huuswirtschaftslehrling keem licht bekleed in sien Koomer, mit open Hoor, mit een dünnet wittet T-Shirt ohn Büstenholler dar ünner, in Arm een Tablett mit twee obenwarmte Croissants un een grote französische Tass Melkkaffee. Ganz liesen keem se rin, un mit een sötet sinnlichet Flüstern hett se em ganz zärtlich waak küsst. Een Mol, dat weet ik bestimmt, wörr Olli sogor vun een Huuswirtschaftslehrling opweckt, de bi em int Bett leeg. De harr, ok dat weet ik, gor nix an. Dat harr Olli sien Mudder aver mitkregen. Dat geev Mecker för Olli un den Lehrling, un vun dar an hett Olli sien Mudder ehren Söhn wedder sülven weckt.

So is dat woll as Teenager: Ut jedet Paradies warrst du wedder verjagt, un ant End warrst du doch wedder vun dien Mudder weckt. Liekers heff ik Olli beneid, un ik funn dat schad, dat mien Mudder keen Huuswirtschaftsmeisterin weer. Wat harr ik darmols al beleven kunnt!

Tja: Harr de Hund nich scheten, harr he een Haas hatt!

Schlittschohlopen

Dat gifft ja een poor Saken, de musst du nich goot könen, üm doran Spoß to hebben. Bi Golf schall dat so ween, heff ik höört. Bi Sex is dat so. Dat weet ik. Genauso is dat mit Schlittschohlopen. Dat weet ik ok.

Ik bün keen goden Schlittschohlöper. Bi uns in Schleswig-Holsteen freert de wunnerschönen Seen blots selten mol komplett to, un wenn, denn is dat Ies oft huckelig un ruckelig, wiel dat twüschendörch mol taut hett, oder dat hett regent, un över son Ies kannst du blots schlecht lopen.

As ik een Jung weer, geev dat een Mol een richtigen Winter, dar weer de Stolper See richtig tofroren. Dar is sogor een Halvstarken ut uns Dörp mit sien VW Käfer op den See ünnerwegens west, un he is nich inbroken. De harr Spoß, mit sien Auto över't Ies to driften, un för een poor Daag weer he de »King of the world«! Dat weer dat Johr, wo ik Schlittschohlopen lehrt heff. Aver ik weer schlecht, langsam un to stief in de Hüft. Bi de annern Jungs ut Dörp dörpte ik bit Ieshockey nich mitspelen. Höchstens as Puck, dat weer möglich west. Aver dat wull ik nich, darto weer ik to week. Also bün ik anfungen, mit Schlittschoh spazeeren to lopen, alleen. Rund op unsen See, op de Watersiet, vun achtern in de Goorns kieken. Wunnerbor.

Een poor Johr later, mit de erste Deern, de ik würklich leevt heff – se weer jung un wild un knackig un de schönste op de Welt – dar sünd wi nah een annern See hinföhrt, merrn in Wald, üm dar op Schlittschoh tosamen spazeeren to lopen. Erst mussen wi en beten öven, üm dar wedder rin to komen, de Bewegungen wedder intoschliepen, aver nah kotte Tiet lepen wi Siet an Siet, Hand in Hand tosamen övert Ies. Wi lachen un juchen, un unsen Aten möök Nevel över den See. Ehre Wangen weern rot, ehre Lippen warm un week, ehre Hand ganz zart in miene Buernprank, de ik darmols al harr. Bald weern wi een Mol rüm, aver dat weer so schön, wi sünd nochmol rümlopen. Un nochmol. Un nochmol. Bit wi nich mehr kunnen.

Ik glööv, ik harr ewig wieder lopen wullt. Dat weer dat erste Mol, dat ik richtig, richtig glücklich weer. An düssen Nahmeddag heff ik dacht, dat kunn jümmer so wieder gahn. Se un ik, Hand in Hand, tosamen övert Ies.

Aver dat geev bald Dauweder, un jüst so as dat Ies weer ok düsse Leevde bald weg. Sietdem is mien Schlittschohlöperkarriere vörbi, un mien Schlittschoh hangt siet 25 Johren an een rostigen Nagel op unsen Dackböhn. De Tiet is vörbi, ik heff mien Glück bi een anner Fru funnen, se ehr Glück bi een anner Kerdl – aver denken, entsinnen, nahföhlen: dat blifft. Een Leven lang.

Oma plückt Maiglöckchen

Weer Oma noch an't Leven, se weer hüüt 104 Johr olt. Geboren weer se in Oktober 1907, storven is se in Februar 1992, rund dree Monaat nah ehren 85.Geburtsdag. Den harr se noch groot fiert, in Dörpskrog geev dat Middag un Kaffee un Koken för achtig Lüüd. As se korte Tiet later marken dä, dat dat mit ehr to End güng, hett se seggt: »Dat schall nah de Beerdigung aver nich to Krog gahn! De Lüüd hebbt vun mi jüst erst wat to Eeten kregen! De sünd ja noch satt vun't letzte Mol!« As Oma denn doot weer, güng dat doch to Krog. De Botterkoken bi Gustav is eenfach to lecker, un ok wenn ik dat fröher hasst heff. Intwüschen find ik, de Dodenkaffee is eene schöne Tradition.
Ik heff 1986 Föhrerschien mookt, un bestimmt heff ik Oma öfter mol mit Auto föhrt, aver entsinnen kann ik mi blots op twee Autotouren mit Oma. Dat weer villich 1989 oder 1990, in't Fröhjohr. Oma – se hett Anna heten – wull ehr öllere Schwester besöken, Minna, geboren 1905. De wohnte jümmer

18

noch dar, wo se un Oma ok geboren weern. Also hett Oma sik in mien roden Golf rinsett, un wi sünd losföhrt. Twüschendörch sä Oma jümmer »Hach hach!« oder »Hach ja!« un höll sik an den Griff över de Bifahrerdöör fast, un denn weern wi dar, bi Tante Minna. Dar geev dat Kaffee un Koken, wi schnacken noch een beten, Tante Minna, dat weet ik noch genau, weer noch lütter as Oma un harr noch mehr Falten, un denn bün ik wedder losföhrt. Een poor Daag later harrn wi uns verafredt, ik schull Oma wedder afholen.

As ik een poor Daag later wedder bi Tante Minna ankeem, dar geev dat natürlich wedder Kaffee un Koken. Un as wi wedder in mien Golf seten un ik wull jüst losföhren, dar geev Oma mi een Strüssen mit Maiglöckchen. »Wo hest du de denn her?«, heff ik ehr fragt. Un se anter: »Tante Minna un ik, wi sünd hüüt in Wald spazeeren west, dar, wo wi as Kinner al weern un för uns Öllern jümmer Maiglöckchen plückt hebbt. Dar wasst jümmer noch Maiglöckchen, un düsse Strüssen, de is för di. Wiel du mi so schön föhrt hest!«

Ik weer so anröhrt, ik harr meist anfungen to weenen. »Noch sünd wi nich heil ankomen!«, sä ik, »Aver ik warr mi Möög geven!« As ik los föhr, sä Oma: »Huch!« Un as wi ankemen, sä se: »Hach ja!«

Dat weer nich dat letzte Mol, dat Oma un Minna sik dropen hebbt. Dat letzte Mol weer bi Oma ehren 85.Geburtsdag. Aver dat weer dat letzte Mol, dat se tosamen Blomen plückt hebbt. Dat duert nich lang, un se bleven doot. Aver wenn ik an de beiden Schwestern denk, denn stell ik mi jümmer vör, wo se tosamen dörch den Wald spazeert un Maiglöckchen plückt. Beide jüst so groot as een sittendet Schwien, singt se een Leed, dreiht sik, danzt un freut sik. Mit ünner teihn un mit över achtig. Twüschendörch sünd se erwassen worrn, hebbt twee Bröder heirat, de een kreeg Kinner, de annere nich, se wörrn öller, Enkelkinner harrn se beide, aver dat is een lange Geschicht. Denn bleven ehre Männer doot, un ant End weer allens so as an Anfang. As ole Weetfruuns lepen se tosamen dörch den Wald un plücken Maiglöckchen. So hett de Kreis sik schloten. Is dat nich schön?

Bett mit Utsicht

Birte un ik, wi weern ok mol jung. Un wi weern
mol jung verleevt, frisch tosamen un so wat vun
froh, dat wi uns funnen harrn. Birte weer twintig,
ik tweeuntwintig. Wi harrn keen Geld, aver wi
wullen mol för een Wekenend weg föhren. Dar
vertell Birtes Mudder, dat een Unkel vun ehr een
Ferienhuus an de Elv harr, jüst achtern Diek. De
Unkel hett Adolf Simoneit heten, sien Ökelnom
weer »Asi«. Sien Ferienhuus harr ok een Nomen, de
heet de »Asi-Kaat«. Dat harr Unkel Asi in witte
Grootbookstaben an de Huswand pinselt. Dat sehg
richtig goot ut.
Mien Schwiegermudder harr dat klor mookt, wi
dörpten över't Wekenend in de Asi-Kaat schlopen.
Den Huusdöörschlötel kunnen wi uns bi'n Naver
afholen, de wüss Bescheed. Eventuell, aver blots
ganz eventuell wörrn Unkel Asi un sien Fru Adel-
heid an Sünndag Vörmiddag noch vörbi komen,
üm wat in Goorn to moken. Aver denn wullen wi
ja ok al wedder ünnerwegens nah Hus ween, dat

21

schull uns nich stören. Also hebbt wi uns op den Weg mookt, nah den südlichen Elvstrand in Neddersassen. In Gegensatz to ehren Nomen weer de Asi-Kaat würklich schön. Een Buernhus, geschmackvull ümbuut, direkt an den letzten Elvdiek. Unkel Asi harr in de grote hohe Wohnköök eene Galerie inbuut, vun de ut man över den Diek nah den groten Strom hinkieken un de groten Pötte op den Weg nah Hamborg oder in de Nordsee beobachten un sien Fernweh achteran schicken kunn. Een wunnerboren Utblick. Nich umsünst harrn Unkel Asi un Tante Adelheid dar ehren Eetdisch stahn, so kunnen se bit Eten över de Elv kieken.

Aver Birte un ik, wi weren jüst tosamen. För uns weer Eten darmols nich so wichtig. Wi hebbt dat ok mookt, twüschendörch, aver de Hauptsaak weer wat anners. Also hebbt wi den Eetdisch un de Stöhl vun de Galerie rünnerschleept in de Köök, sünd in de Schlopstuuv gahn, hebbt de Matratz ut Bett nohmen un op de Galerie leggt. So kunnen wi dar den ganzen Dag tosamen liggen un Tee un Kaffee drinken un över de Elv kieken. Dat hebbt wi denn ok mookt, af un to. Aver eegentlich harr ik blots Ogen för Birte, un Birte harr blots Ogen för mi. Ik glööv, wi hebbt uns gor nix antrocken twüschendörch. Wi leevten in uns Bett mit Utsicht.

Denn keem de Sünndag. Wi müssen wedder nah Huus. Klock negen wullen wi opstahn, üm allens wedder op to rümen, vör Unkel Asi un Tante Adelheid villich keemen. Aver wi legen noch nackig bi eenanner un schlepen friedlich un glücklich, dar dreih sik üm viertel vör söven de Schlötel int Schlott, un mit een luut gebölktet »Der frühe Vogel fängt den Wurm!« stünn Tante Adelheid in de Döör. Birte un ik fullen direkt ut Paradies in de Hölle, un Tante Adelheid füng hysterisch an to bölken.

In Nullkommanix hebbt Birte un ik dat Hus oprümt un uns vun Acker mookt. Dat weer pienlich, aver wi müssen so lachen. Wi weern glücklich. Wi harrn uns funnen.

Unkel Asi un Tante Adelheid hebbt wi nich wedder sehen. Of dat de Asi-Kaat noch gifft, weet ik nich. Aver dat gifft Birte, un dat gifft mi. Intwüschen sünd wi tweeuntwintig Johren tosamen, dat is mien halvet Leven un 52,38 Prozent vun Birtes Leven. Wi sünd ümmer noch een Liebespoor. Blots dat Eten is mit de Johren doch een beten wichtiger worrn.

Gassi gahn

Ik weet ja nich, worüm so veele Lüüd Köters hebbt. Worüm doot se sik dat an?

Ik meen, is ja an un för sik recht schön un goot, son Köter, dien besten Fründ, un wenn du nah Huus kümmst, denn freut sik wenigstens eener, aver man mutt ok mol över dat Opfer nahdenken. Du musst vör de Döör un mit dien Köter Gassi gahn, bi jedet Schietwedder. Dat is ja eegentlich keen Problem, de frische Luft is gesund, un so kümmst du wenigstens mol rut, un dat is ja nich verkehrt, aver denn kümmt de entscheidende Situation. Dien Köter mutt kacken.

Ji köönt mi dat glöven. Dat gifft nix op de ganze Welt, wat so unglaublich blööd utsüht as een Köter bit Schieten. Dar huukt he an de Böschung, quält un krümmt sik tosamen un zittert vör Anstrengung, aver dat Schlimmste is düsse Blick. Düsse demödige, ünnerwürfige Blick, de seggt: »Entschuldigung! Ich kann nichts dafür! Ich bin nur eine arme Sau! Schlag mich nicht! Entschuldigung!« Wenn ik mit

24

unse Köters loop un se kackt un kiekt so, oh, ik much ehr verjackeln, dat kann ik ju vertellen. Wokeen so kiekt, de will dat nich anners, de hett dat nich beter verdeent, de will schlecht behandelt warrn, un ik mutt mi richtig trüch holen un annerswo hinkieken, sonst flipp ik ut.

Ik meen, ik mag de Köters ja gern, se meckert nich rüm un se köönt so schön mitleidig kieken, wenn mi dat schlecht geiht, aver worüm köönt se nich so schieten as mien Kööh? De loopt eenfach dörch den Stall oder op de Weid rüm un laat dat achter rut platschen. De schoomt sik nich; de markt dar gar nix vun. Dat nenn ik souverän, dat nenn ik sölbstbewusst.

Also för mi is dat klor. Wenn ik mol an de frische Luft will, spazieren lopen, denn laat ik vun nu an de Köters tohuus. Dat schont miene Nerven. Darför nehm ik mien Köh mit to Gassi gahn. De Navers warrt schön kieken, aver dat is mi egol. Schietegol. Kohschietegol.

De Resteschwien

Wi hebbt keen Tünn för den Biomüll. Düsse Tünn is bi uns in Kreis bruun, un se warrt all twee Weken afhoolt. Aver toerst, as de Kinner noch lütt weern, heff ik meist ehre Reste opeten, wiel ik in den Globen groot worrn bün, dat dat Weder schlecht warrt, wenn de Teller nich lerdig is. Also heff ik de Tellers lerdig eten un bün langsam dick worrn, bit dat unse öltste Dochter Besöök harr un ehre Fründin hett ehr fragt, wo de bruune Tünn is, un Marie anter ganz in Ernst: »Papa ist unsere braune Tonne.«
Dar hebbt wi beschloten, Schwien antoschaffen, üm se mit unsen Kökenaffall to fuddern. Ik wull ja gern een, twee richtige Mastschwien hebben, de man groot moken, schlachten un sik in de Truhe packen kann, aver de Restfamilie wull dree Minischwien hebben mit levenslanget Openhaltsrecht op unsen Hof, to nix to bruken un noch nich mol sööt antokieken. Teihn Johren is dat her, dat wi unse Schwien afhoolt hebbt, dree Geschwister; twee Sögen: Rosa un Miss Piggy, un een Borg, dat

is een kastrierten Eber: Gris. Se kregen een lütt Stück vun de Peerdkoppel mit eene grote Hunnen-hütt darop, un dar leevt se nu al so lang.

Teihn Johren. So oolt warrt eegentlich keen Schwien. Un se sünd ok blots noch twee, denn Rosa is een goden Dag doot bleven. Se harr eenfach keen Lust mehr, hett sik hinleggt un storv. Also bleven noch Miss Piggy un Gris. Se kriggt all de Affälle ut de Köök, un wenn ik de Huusdöör open mook, denn koomt se ut ehr Huus un kiekt mi jümmer so jankerig an, wiel ik meist wat för ehr darbi heff.

Ik weet ja nich, of ik dat al mol vertellt heff, aver dat fallt mi richtig schwor, wat weg to schmieten. Nü-lichs heff ik mi mol dörchrungen, unser ganz olet Köhlschapp to entsorgen, dat stünn siet Urtieden in de Waschkoomer, weer jümmer noch anschloten, aver rinkeken hett dar al siet Johren keener mehr. As ik dat nu verschrotten wull, heff ik dar binnen noch een poor richtige Schätze funnen. Bodder-melk, de weer siet fief Johren aflopen, Almkääs, de stünk as de Grusel mank de Teehn vun de Fööt vun ole Fruuns, eene ole Salami, so hart un dröög, dar kunnst Lüüd mit doot haun. Hebbt allens de Schwien kregen, un de hebbt sik freut.

Un denn weern dar in Köhlschapp noch twee halve Buddeln Schnaps. Engelschen Sahnelikör un ir-gendwat Fruchtiget, Plum oder so. Dar heff ik dacht, de Schwien schüllt ok nich leven as de Hun-nen, un ik heff ehr dat hinkippt, de Sahnelikör för

Miss Piggy, de Plum för Gris. Se hebbt allens utsopen. Hett ehr düchtig schmeckt. Dat weer an fröhen Vörmiddag.

As ik nahmiddags de Schwien mit de Reste vunt Middageten fuddern wull, dar legen se in ehre Hütt un schlepen. Ik heff ehr ropen. Se kemen langsam ut ehre Hütt un taumeln nah de Krüff, schnuppern eenmol an dat Eten un taumeln trüch in de Hütt. Dar heff ik mi Sorgen mookt. Schwien, de nich freten wüllt, dat gifft dat ja gor nich. Un ik heff Birte vertellt, wat ik an Vörmiddag mookt harr. Oha, ik heff een Gang kregen, dat kann ik ju verteilen. Birte sä: »Tias, wenn die das nich überstehen, das nehm ich dir echt übel!« Un ik harr würklich Angst üm mien Schwien. Al üm mi sölben willen.

Een Dag, eene Nacht un een halven Dag hebbt se schlopen, denn weern se wedder op de Been. Dar weer ik würklich erleichtert. De Schwien sünd dörch komen, un ik ok. Aver wenn ik nu de Huusdöör open mook un will de Schwien de Reste bringen, denn koomt se veel flinker ut ehre Hütt schoten un kiekt mi so veel jankeriger an as fröher. Keene Ahnung, worüm.

De Babykatt

Al alleen wegen – oder beter gegen – de Rotten gifft dat bi uns op den Buernhof ok Katten. Se sünd halv wild, halv tamm, un wi weet jümmer nich so genau, wo veele dat jüst sünd. Wi hebbt Katten un Katers, un dorüm gifft dat machmol ok Babykatten. Lütte, söte, nüdliche Babykatten.

Oftins warrt de Babykatten vun ehr Mudders so lang op den Heubön versteken, bit se oolt noog sünd, sölben fix weg to lopen, wenn de Tweebeeners koomt. Aver uns Kinner hebbt dat ok machmol schafft, de Babykatten op to spören un ehr tamm to spelen. Ganze Weken kunnen se sik darmit beschäftigen, un se weern böös, wenn wi de lütten tammen Katten denn verschenkt hebbt. All de Arbeit ümsünst, säen se denn. Un jichtenswo hebbt se ja ok recht, aver wi säen jümmer, wi hebbt soveel Katten, wi mööt welk afgeven. Un afgeven kunnen wi blots de tammen Katten, de wilden kregen wi ja nich …

Eenmol, in de Sommerferien, dar harrn uns Kinner

wedder mol een Kattenwurf tamm speelt, mit ehr Frünnen tosamen, un de Frünnen wullen gar to gern een vun de Katten afhebben. Keen Problem, säen Birte un ik, aver de Öllern vun de Frünnen vun uns Kinner wullen dat nich. De Mudder sä: »Wi hebbt al een Katt, dat is noog.« »Aber die ist doch so süß!«, säen de Kinner dar, aver de Mudder bleev hart.

Un denn hebbt uns Kinner un ehr Frünnen sik een Plan utklamüstert, üm de Mudder doch noch rüm tokriegen. Avends, in't Düstern, hebbt sik de Gören to eene konspirative Babykattenövergabe verafreedt. Unse Kinner hebbt de lüttje Katt orntlich schietig un zerzaust un zottig präpareert, se hebbt se een Mol dörch den Misthupen un denn noch dörch eene Modderpfütz trocken, denn ehre Frünnen hebbt meent, de Mudder kunn de arme Katt nich aflehnen, wenn se se natt un dreckig un halvdoot jichtenswo op de Koppel funnen harrn. Dar müss de Mudder doch eenfach Mitleed hebben!

Un as de Frünnen vun uns Kinner mit de lütte arme Babykatt op den Arm nah Huus keemen, un se säen: »Oh Mama, guck mal, die arme Katze, die hat so jämmerlich miaut, ganz allein, im Dunkeln, im Dreck auf der Koppel!«, dar keek de Mudder kort mol un sä blots: »Quatsch, die ist doch von Stührwoldts!« Un se lach. Un denn hett se »Ja!« seggt.

Also dörpten ehr Kinner de Katt beholen. Se hebbt se jümmer noch.

De Arbeitsvermeidungs-App

Mien Hiwi Spezi hett siet een poor Weken een Smartphone. Sien letztet normalet Handy weer bi uns op den Hof twei gahn – bi't Bungee Jumping. Bungee Jumping för Handys. Dat hett Spezi erfunnen.

Wi weern bi to Silo föhren. Spezi hett ok mit holpen. As wi Middag eten hebbt, wull Spezi in de Melkkoomer sien Handy opladen. In uns Melkkoomer gifft dat so een ümlopen Fliesenkant, op de man wat afleggen kann, un een Steckdoos is dar ok. Also hett Spezi sien Handy dar hinleggt un instöpselt. In uns Middagspaus wull em aver een anropen, un bi den Apparat weer de Vibrationsalarm inschalt. Also schüttel sik dat Handy jümmer neger an den Afgrund ran, un denn noch een lüttet Stück wieder. Hui, güng dat rünner, bit nah den Melkemmer rin, de ünner de Kant stünn. Dat Opladekabel weer minimol to lang. Dat Handy hüng halv in de Melk. As wi nah de Middagspaus wedder rut kemen, weer dat Telefon versopen. Doot. Dar is Spezi mit'n

Trecker in de Stadt föhrt un hett sik een Smartphone köfft.

Ik heff twee Hiwis, Spezi, mien ehemoligen Lehrling, un Sven, mien aktuellen Lehrling. Beide hebbt se nu Smartphones un speelt darmit rüm un hoolt sik gegensietig vun de Arbeit af. Un Spezi, dar bün ik mi seker, hett för dat Smartphone een Arbeitsvermeidungs-App. Denn nülichs harr ik vun een Buernkolleeg Saatgoot köfft, föfftig Sack vun föfftig Kilo. Wiel de Kolleeg recht wiet weg wohnen dä, harr ik dat Saatgoot nich mit Trecker un Anhänger hoolt, sünnern mit Auto un Perd-Anhänger. Wi kunnen de Säck also nich mit'n Frontlader utladen, sünnern müssen all de eenkelten Säck vun Hand rutholen un opstopeln. Spezi un ik wullen dat tosamen moken. Wi weern jüst anfungen, Spezi harr al een Sack rutböört, dar sehg ik, dat he an sien Smartphone rümspeel. Un een Ogenblick later güng de Füersiren. Spezi is Füerwehrmann, un Zack! brüll he: »Ich bin Einsatz!« un seet op sien Drahtesel un weer weg, un ik möök alleen wieder mit schwor Säck rutböörn un opstopeln. Un as ik jüst den letzten Sack opstopelt harr un jüst fardig weer, dar keem Spezi üm de Eck. »Fehlalarm!«, reep he, un: »Ach, wat, bist du schon fertig?«

Tscha, wat schall ik seggen? Ik glööv nich an Tofall. Dat mutt wat anners ween. Blots wat? Moderne Technik villich?

Handwerkersprüche

Dat erste, wat du lehrst, wenn du een poor Daag jichtenswo op de Bustell oder in de Warksteed oder op een Buernhof arbeitst, dat sünd de goden, olen Handwerkersprüche. So as de, de jümmer anbröcht warrt, wenn du een Messer in de Tasch hest, dat nich scharp, sünnern stuuf is. Denn heet dat: »Op dat Messer kannst du mit een nackten Mors nah Hamburg rieden! Un torüch!« Dat is Handwerkerspruch Nummer Een.

Wi harrn fröher op den Hof een Hölper, de hett allens mookt un de kunn ok allens. Eegentlich weer he Handwarker, aver he weer sik för nix to schaad. Bit Stroh föhren weer he jümmer op den Strohböön un schmeet de Klappen wieder, mit een Fork. He kunn sogar packen mit de Fork. He schmeet se jüst darhin, wo se hinschullen, in dat passende Lock, un denn sä he tofreden: »Passt wie mein Mann seiner.« Handwerkerspruch Nummer Twee.

Machmol hett düsse Hölper ok unse Landmaschinen heel mookt. Dat weer oftins een böös Gefummel, un dat klappt nich forts, un denn sä he, un dat is Handwerkerspruch Nummer Dree: »Ik krich den mistigen Bolzen dar nich rin. Dar sünd ja ok keen Hoor bi rüm!« Dat is übrigens een Spruch, den de jungen Lüüd hüttodags wegen den Trend to de Ganzkörperenthaarung gor nich mehr verstaht. Eenmol heff ik em anbröcht, as dat passen dä, un mien Lehrling hett mi fragt: »Hä? Versteh ich nicht. Haare? Was für Haare?«

Överhaupt, wo wi al darbi sünd, Bolzen un Muttern un Gewinde. Wenn du nich weetst, wo rüm du dreihen muttst, denn gifft dat jümmer een, de in de Warksteed steiht – komisch is dat, aver dor is jümmer een, de höört to de Warksteden to, so as een Inrichtungsgegenstand, blots üm to alle Gelegenheiten, egol ob dat passt oder nich, twee vun de gewöhnlichsten Handwerkersprüche to bringen. Toerst seggt he: »Seit das deutsche Reich besteht, wird jede Schraube rechts gedreht.«, wobi ik gor nich wuss, dat dat dütsche Reich noch besteiht, dor heff ik wohl wat nich richtig mitkregen, un denn dreihst du dien Schruuv un dat knackt un he seggt: »Nach fest kommt lose!« Un du kunnst em aver richtig wat op Muul haun. Düsse beiden Sprüche sünd so blööd, de kriegt vun mi keen Nummer.

Nülichs harr ik mien Meihwark in de Warksteed, dat weer recht dull kaputt, un as ik keem, üm de Maschien wedder aftoholen, dar schüttel de Meister den Kopp un sä: »Wenn dien Meihwark een Perd

west weer. Wi harrn em doot scheiten möst!«
Handwerkerspruch Nummer Veer.

Nu warrt dat spannend. Nu kümmt de Ogenblick,
un dat is ganz nevenbi de Handwerkerspruch Num-
mer Fief, nu kümmt de Ogenblick, in den de Koh
dat Water lött. Denn unvergeten aver, un de beste
vun all, de ik hööört heff, is Handwerkerspruch
Nummer Söss. De kümmt vun een Timmermann,
de vör twintig Johren unsen Kohstall mit buut hett.
Nah siene Fröhstückspaus müss he jümmer op Toi-
lette, un denn keem he jümmer in unse Köök,
wenn wi an't Kaffee drinken weern, un he sä: »Ik
heff jüst een Anrop kregen, ut Darmstadt, ik schall
hier een Föhr Schiet afladen!« Oh Mann, wat hebbt
wi lacht. Wi harrn uns bald natt mookt.

Gewalt gegen Saken

Jo, ik geev dat to, jo, ik bekenn mi to Gewalt gegen Saken. Machmol, ik segg dat nich gern, machmol verlett mi all mien Geduld un ik warr böös, richtig böös un füünsch.

Ton Bispeel, wenn dar op den Hof jichtenswat twei gahn is, jichtenseen blöde Drecksmaschien, un ik weet, wat dar kaputt is un wo en dat wedder heil moken kann, aver ik krieg dat liekers nich trecht, wiel ik to ungeschickt un töffelig bün oder wiel miene Buernfingers to breet un to groot un to fett sünd, so dat ik dar nich hen koom, wo ik hen will, un ik versöök dat un dat klappt nich un ik versöök dat noch mol un dat warrt wedder nix, un denn warr ik so böös un ik gah een Schritt trüch un ik kiek mi üm, ob mi ok keener süht, jo, dat do ik noch, wo beschüert bün ik denn, un wenn ik keen een seh, denn hool ik ut un denn pedd ik mit vulle Gewalt gegen düsse ole Drecksmaschien. Un ik weet de ganze Tiet, dat se dar ok nich heil vun warrt, aver ik kann nix dargegen doon, ik mutt ehr eenfach weh doon. Ofschoonst, dat deiht ehr nich weh, dat deiht blots mi weh, aver egol. Mi geiht dat denn meist een beten beter, un ik kann dat mit dat Heilmoken villich nochmol versöken, nu, wo ik mi afreagiert heff, aver vun dat Topedden gaht mien Steveln kaputt.

Ik bün nämlich Rechtsfööter, al jümmers, wenn du mi nachts opweckst un ik schull gegen een Ball pedden, ik wöör jümmer den rechten Foot nehmen, wiel ik nu mol Rechtsfööter bün, wat nich heten schall, dat ik mit links nich scheiten kann, nee, ik heff miene Tore bin TSV Wankendörp nich blots mit rechts schoten, ok mit links, ok mit'n Kopp un een Mol sogar mit de Klüten, aver dat is een anner Geschicht, aver natürlicherwies pedd ik mit rechts to, un wiel dat so is, gaht all mien rechte Arbeitsschoh un rechte Gummistebeln toerst kaputt, wiel se dat nich afköönt, un wiel ik ut genetische Gründe nix Heilet wegschmieten kann, heff ik in de Rumpelkaamer neven den Kohstall üm un bi dörtig heile linke Gummisteveln un dörtig heile linke Arbeitsschoh. Ik bruuk dringend heile rechte Gummistebeln un heile rechte Arbeitsschoh, ik wull den fohrenden Händler, de jümmer bi uns kümmt, al mol twee rechte Schoh un twee rechte Steveln afköpen, aver he wull dat nich, Servicewüste Dütschland, segg ik blots, also, wenn dat jichtenseen leest, de jümmer mit links toerst topedd un villich ganz veele rechte heile Steveln un Schoh in de Rumpelkaamer hett, Grötte 47, villich kunn he sik melden un wi kunnen Schoh tuschen, fifty-fifty, un wi bruukt keen Geld ut to geven un harrn liekers heile Schoh, dat weer doch wat, oder? Roop doch mol an! Ik stah in't Telefonbook!

Melken mit Mudder

Bit vör twee Johren heff ik morgens jümmer mit mien Vadder tosamen molken, aver mit een Mol weer dat vörbi. Vadder is krank worrn. Sien schietige Melkmützen hangt noch an ehren Hoken vör den Melkstand, aver Vadder warrt ehr nich mehr opsetten, soveel is klor.

Siet Vadder krank is, melk ik morgens jümmer mit Mudder. Mudder is 77 Johr olt, un bevör se nu wedder anfungen hett, harr se rund dree Johren nich molken. Aver denn keem se mit Mol wedder in Melkstand, morgens, blots morgens. Dat weer schön.

Nu melkt wi jeden Morgen tosamen, Mudder un ik. Un ik bün dankbar för jeden Dag, den dat so wieder geiht. Nich, wiel Mudder een billige Arbeitskraft is. Dat is se ok, aver vör allens is se mien Mudder. Dat kannst di nich utsöken, dar kannst nix an doon.

Mudder un ik, wi mookt uns dat schön in Melkstand. So schön, as dat even geiht. Toerst gifft dat een Beker Kaffee vör jeden, un denn hebbt wi jümmer Tiet, een beten to schnacken, över Gott un de Welt, över allens, wat uns in Sinn kümmt. Ik harr noch nie in mien Leven so een godet Verhältnis mit Mudder as nu, wo wi jümmer tosamen melkt. Wi hebbt uns een godet Stück aneenanner ran molken. Se vertellt vun fröher, un ik vertell vun hüüt. Wi dropt uns in de Mitt.

Un denn neckt wi uns. Mudder mutt an allens jümmer son beten rümmeckern, deswegen kümmt se jümmer mit de Lehrlinge schlecht klor. Se is een Meckerpott. Aver wenn se meckert, geiht ehr dat goot, un wenn se Contra kriggt, denn is dat genau richtig. Also meckert se, un ik geev ehr Contra.

Nie is ehr dat in Melkstand sauber noog, un wenn mol een Koh schieten deit, is dat jümmer miene Schuld. Un ik segg, Mudder hett Schuld, wiel de Köh Angst hebbt, in Melkstand to komen, wenn dar de ganze Tiet son Gnatzpickel rümschimpen deit. Un denn seggt Mudder: »Dat is keen Schimpen, dat is blots de Wohrheit! Wenn ik schimp, dat hört sik ganz anners an! Denn warrst du aver Angst kriegen!« »Och, du ole Quarkbütel!«, segg ik denn, un dat geiht hin und her, dat mookt richtig Spoß.

Nülichs aver, dar hett Mudder mi löövt. Ik wüss erst gor nich, wat los weer, so ungewöhnlich weer dat. Ik harr jichtenswat richtig mookt, un Mudder hett tatsächlich seggt: »Mien Jung, du büst hüüt jo een richtig fixen Dutt! Wenn du so wieder mookst, denn warrst du bald ton Hupen befördert!«

Ach Mudder. Mien ole, lütte, krumme Mudder. Jümmer krummer warrt se, aver se is toog as een drögen Schinken. Dat weer nich jümmer so as hüüt, aver ik heff ehr leev, mit all ehr Macken, un darvun hett se een poor, jüst so as ik, jüst so as alle. All sünd wi anners, un all sünd wi gliek. Wi hebbt all een an de Waffel, un dat nich to knapp.

Hoffentlich köönt wi noch lang tosamen melken, de Quarkbütel un ik, de fixe Dutt, de Hupen in spe.

An Mors kleien

Wi hebbt jüst wedder düsse anstrengenden Weken achter uns, in de wi de nieden Starken anmolken hebbt. Starken, dat sünd de jungen Köh, de dat erste Mol kalvt hebbt. De mööt sik denn erstmol an dat Melken, de Melkers un dat Melkgeschirr gewöhnen, un bi manche is dat nich so licht to, denn se wüllt gor nich molken warrn. De schallst du an leevsten in Roh laten un nich angrabbeln.

Aver as dat so ist. Een Melkbuer, de leevt darvun, dat he sien Köh angrabbelt. Wenn he dat nahlött, kann he sien Hof nich holen. Denn kann he glieks inpacken.

Düt Fröhjohr, dar harrn wi wedder een recht exzentrische Stark, de wull sik nich angrabbeln laten un de wull de Melk nich hergeven.

Wenn een Koh de Melk nich hergeven will, darför gifft dat een Medikament. Oxytocin, dat Melkutgavehormon. Kriegt Fruuns ok, wenn se keen Melkinschuss hebbt. Nasenspray mit Oxytocin bin, un de Melk löppt. Köh kriegt dat sölbige, blots nich as

42

Nasenspray, dat is unpraktisch, sünnern intramuskulär mit een lütte Sprütt. Zack, de Melk löppt.

Düsse exzentrische Stark aver wull sik ok nich angrabbeln laten. Oh, wat hett se pedd! Un wenn man ehr een Schlagbögel ummoken wull, denn flipp se richtig ut, denn kreeg se Panik un schmeet sik daal. Also heff ik över Weken bit Melken jümmer achter ehr stahn, ehr den Steert hochböhrt, denn kann se nich mehr pedden, un de Lehrling hett ehr molken. De ersten Daag, nahdem se een Sprütt mit Oxytocin kregen harr.

Aver denn full mi in, wat mien Öllern mookt hefft, as dat noch keen Oxytocinsprütten geev. Darmmassage. Denn lett se de Melk lopen, sä mien Vadder jümmer. Also heff ik dat utprobeert. Ik stünn ja sowieso achter de Koh.

Mien Vadder, de hett dat darmols jümmer ohn Handschoh mookt. Ik bün moderner. Ik heff darför rode, transparente Rektalünnersökungshandschoh. De heff ik mi antrocken, un denn: Mit een Hand den Steert hoch, mit de anner in Mors rin un massieren. Un dat funktionier! De Melk, de leep! Ganz ohn Oxytocinsprütten!

Sühst woll, de olen Wiesheiten hebbt oftmols recht! Un noch wat anners heff ik in düsse poor Weken, bit de Stark sik ant Melken ohn Fastholen un Mors Kleihen gewöhnt harr, kloog kregen. Dat weer Winter, Februar, wi harrn minus twintig Grad, un wenn du ant Melken büst un musst twüschendörch in Kalverstall to Kalver fuddern. Du hest ewig koole Fingern. Dat deit richtig weh! Denn is dat goot, wenn du af un to mol de Hand darhen steken kannst, wo dat garantiert nich koolt is. Mol heff ik de linke Hand nohmen, mol de rechte, an ganz kole Daag heff ik ok jümmer mol wesselt, aver dat mit de kolen Fingern, dat weer vörbi. Sietdem hett de Schnack »Du kannst mi an Mors kleihen!« för mi een ganz anner Bedüdung kregen. Wenn ik jüst kole Fingern heff, denn segg ik: »Mienetwegen, dat mook ik geern!«

Keen Eenspänner

Dar weer mol een olen Buern, Koni, den heff ik goot kennt. He weer verheirat, aver sien Fru Luise un he harrn keen Kinner. As he denn sowiet weer un he wull sik to Roh setten, un dar weern ok keene Nichten un Neffen, de den Hof övernehmen kunnen, dar hett he nich, so as veele Buern, de keen Nahfolger hebbt, eenfach dat Land verpacht un sik dat goot gahn laten, nee, he wull, dat de Hof wieder leevt un dat dat darmit wieder güng. So hett he een Annonce in de Buernzeitung sett. He söchte een Nahfolger för sien Hof, op Lievrente. De schull den Hof aver ümstellen op Bio. Dat weer an't End vun de Söventiger Johren vun't letzte Johrhundert vun dat letzte Johrdusend. Dar weer Bio noch nich in aller Munde.

Koni un Luise hebbt een Nahfolger funnen, un för de Kinner vun den nieden Buern Albert un sien Fru Birgit weern Koni un Luise so as Oma un Opa. As ik in miene Lehrtiet för een Johr op den Hof keem, weer ik begeistert vun all dat Leven dar. Dat wimmelte blots so. Praktikanten, Kinner, Besöök, Kunden, dar weer jümmer veel los. Anners as bi uns tohuus, wo en jümmer alleen an't Arbeiten weer.

Koni un ik sünd Frünnen worrn. He weer jüst föfftig Johren öller as ik. He harr in Krieg een Oog verloren un harr keen Föhrerschien, so bün ik oftins mit em los west, för allem to landwirtschaftliche un agrarpolitische Vördreeg un Diskussionen un Demonstrationen. Ok as ik nich mehr op den Hof weer, hebbt wi uns nich ut de Ogen verloren – oder ut dat Oog.

Koni un Luise worrn olt un öller, un ofschoonst se dat nich eenfach miteenanner harrn, so harrn se sik doch leev. Un denn keem de Dag, dar bleev Luise doot. In de Weken darnah heff ik Koni nochmol besöcht. He seet alleen in sien Stuuv un weer trurig, un denn sä he wat, dat heff ik nich vergeten. He sä: »Ik bün keen Eenspänner. Mien Leven lang bün ik as Tweespänner lopen. Ik kann mi nu nich mehr umgewöhnen. Dar heff ik keen Lust to, un ik kann dat ok nich.« Un he keek mi an, mit een Blick ut sien Oog, de weer so eensam un vertwiefelt, ik müss wegkieken. As ik opstünn, üm nah Huus to föhren, dar wüss ik, dat ik em nich weddersehen wöör. Dat hett ok nich mehr lang duert, un he bleev ok doot. He weer nämlich keen Eenspänner. So eenfach is dat machmol.

Een Welt, vull mit Geschichten

Vör een poor Weken weer dat sowiet. Mien Öllern harrn Golden Hochtiet, un wi hebbt dor een grotet Fest vun mookt. Ümmerhin is düt Fest een grotet Glück, un bi mien Öllern weer dat extra groot, denn man blots veer Moont vörher leeg mien Vadder int Krankenhus, un he weer al meist op de anner Siet, aver denn hett he in letzten Ogenblick doch nochmol de Kurv kregen, he wull doch wohl sien Golden Hochtiet fiern. De Utsicht un de Vörfreud darop hett em Kraft geven, in düsse langen Weken int Krankenhus, un allmählich, ganz allmählich hett he sik wedder begrabbelt.

Un denn güng dat Planen los. Erst een Gottesdeenst in de Kark, nochmol »Jo« seggen, nah all de Johren. Un denn een grotet Fest, över Dag, mit all de Familie un all de Frünnen. Holsteener Büffet mit Schwien in Suer, Aant in Suer un Aal in Suer, achteran Ies in Suer un Pudding in Suer, darto Bratkartüffeln. Denn een beten verpusten un glieks darnah dat Tortenbüffet un Kaffee bovenrop. Wokeen in Holsteen fiert, de mutt eeniget afkönen. Hunnertföfftig Lüüd weern inlaadt, hunnertfiefuntwintig sünd komen.

As de Pastersch bi mien Öllern weer, üm ehre Predigt in de Kark vörtobereiden, kunn ik leider nich dorbi ween. Ik harr mi dat geern ankeken, live un in Farv. Vadder, de op siene olen Daag so week worren is un de meist jümmer, wenn he wat seggt, wat em wichtig is, Tranen in de Ogen hett, un mien Mudder, de den ganzen Rummel jo angeblich gor nich wull. »Ik gah dor sowieso nich hen!«, hett se jümmer seggt. Mien Broder aver weer bi de Besprekung darbi. Un denn fröög de Pastersch, worüm mien Öllern sik nu jüst in den jewieligen annern verkeken harrn. Mien Broder hett mi vertellt, wat se antert hebbt. Vadder sä: »Thea weer düchtig, harr Ahnung vun Landwirtschaft un kunn goot anpacken un mit de Hannen melken.« Un Mudder: »Hannes stünn jümmer alleen in de Eck rüm un keek so trurig.« Sühst wohl, dat is de Kiemzell vun föfftig Johren Ehe. Wirtschaftliche Interessen un Mitleed. Nich so romantisch, aver vun Duer.

De Kark weer reserveert, de Saal in Krog bestellt, un denn müssen Vadder un Mudder jo noch niee Kleedaasch hebben, denn se weern in de letzten Johren in de Länge een beten inlopen, darför harrn se in de Breede een beten utleggt. Wi hebbt ok wat funnen. As Vadder sien nieden Antoch anprobeer, sä he noch: »Geihst los as een Pinguin, kümmst wedder as een Schwien!« Oh, wat hebbt wi lacht, nich blots Vadder mit Tranen in de Ogen. Nee, bi uns alle weern se dar.

Denn keem de grote Dag. De Kark weer vull. As wi rin güngen, glieks nah vörn dörch, mien Mudder stützt vun mien Broder, mien Vadder stützt vun mi, dar stünnen all de Lüüd in de Kark op un keken uns to, un ogenblicklich füng dat bi mi an to lopen, över de Backen weg. Mien Öllern. Wat sünd se mi op de Nerven gahn, twüschendörch. Un wi leev harr ik ehr nu, wo se dar so lütt seten, vör de Pastersch. Ton Schluss hett een Fründ vun mien Mudder noch een langsamet Posaunenstück speelt, vun boven, vun den Orgelbalkon rünner. Ach, weer dat schön. As dat denn sowiet weer, sünd mien Öllern tosamen ut de Kark rut gahn, Hand in Hand. Mien Broder un ik müssen ehr nich stützen. Se hebbt dat alleen schafft. Jeder mit'n Stock. Ganz langsam twars, aver se hebbt ehren Weg mookt. Vör de Kark stünn eene Kutsch, een Tweespänner so as mien Öllern. So sünd se de acht Kilometer nah den Krog mit de Kutsch föhrt. Un dat hett noch nich mol regent.

Wat för een schöne Fier dat weer. Dat güng, un dat hett man selten bi Familienfiern, veel to gau vörbi. De jüngste Gast weer acht, de öltste ningtig. So veel Leven, so veel Geschichte, so veel Geschichten, all in eenen Saal.

Mien Broder harr een poor ole Fotoalben mit-
bröcht, vun all de Feste twüschendörch. Vun de
Hochtiet, vun de Sülverhochtiet vun veertigsten
Hochtietsdag un noch een poor anner Fotos. Veele
Lüüd hebbt sik dat ankeken un hebbt Geschichten
darto vertellt. As Helmut un Brigitte, bi de Hoch-
tiet fief un twee Johren olt, darmols in de Kark
Blomen streuen schullen, aver Brigitte wull de
Blomen nich streuen, sünnern sammel de, de Hel-
mut streut hett, glieks wedder in, denn harr se
mehr Blomen. As Hugo, de ut den Krieg een
Holtbeen harr, wat mien Mudder nich wüss, woher
ok, as Hugo sik op de Fier op den Spieker vun
Rosenkamp, den Heimathof vun mien Mudder,
orntlich een ansopen harr, denn to Bett kropen
weer, nahdem he sien Holtbeen afschnallt un över
den Bettpfosten hungen harr, un wo Mudder sik
verfährt hett, as se nah em kieken wull un dar
hüng dat Been ant Bett! Un vun wokeen wohl dat
benutzte Verhüterli weer, dat an nächsten Dag in
de Eck op den Spieker leeg, dat kunn doch blots
vun … aver egol. De Hochtiet jedenfalls weer een
wildet Fest, un dat is op all de Biller to sehn. Kuum
to glöven, dat veele vun de Gäste an nächsten
Morgen wedder ünner de Koh seten müssen, üm
to melken. Un allens is goot gahn. Sogor Unkel
Willi, de op den Weg nah Hus anholen möss,
merrn in de Nacht, üm dat Gras in Graben mit den
Inhalt vun sien Mogen to düngen un de an näch-

sten Dag faststellen müss, dat sien Teehn weg weern, sogor Unkel Willi hett sien Gebiss wedder funnen, as he de Streck nochmol afföhrt is. Ende goot, allens goot. Un Hans-Adolf un Christa, Navers un Frünnen vun mien Öllern, hebbt sik op de Hochtiet dormols kennen lehrt, un de beiden sünd nu ok all sössunveertig Johren verheirat. Dat is dat Leven.

Oh düsse Biller in de olen Alben. Mien Unkels un Tanten, de ik blots so wat vun olt kenn, rank un schlank un »voll die Hotties«, as mien Kinner seggen wörrn. Un so utlaten un so wild, dar is dat End vun weg.

De nächsten Alben. Sülverhochtiet. All veele Lüüd nich mehr darbi, de ersten doot, darför niede Lüüd. De nächste Generation. Ik mit lange Hoor, alleen, mien Broder mit Marianne. Mien Öllern int beste Öller. Dar wöör noch richtig danzt, twüschendörch. Un dat Video, dat Unkel Hans mookt un mien Öllern later schenkt hett. Irgendwann hett he de Kamera över sien Stohllehne hungen, ohn ehr aftoschalten. Twintig Minuten Parkettfootböhn vun Schlüters Gasthof mit O-Ton, unschneden. Dat weer Avantgarde, dat kann ik ju vertellen. Un jichtenswo dartwüschen dat letzte Bild vun mien Opa, een halvet Johr vör sien Doot. Al infullen un twüschendörch wiet weg, aver mit wache Ogen, af un to. Un een poor Daag nah de Sülverhochtiet harr ik richtig Arger mit mien Öllern. Wi schullen to mien Abi-Ball int Plöner Schloss, un ik heff mi weigert, mi de Hoor to kämmen. Oh, wat hett de Ool sik opreegt, un Mudder hüng dartwüschen. Toletzt seten se mit breede Flunschen in Rittersaal in de Eck, un wi harrn all nix vun dat Fest. Nu, mit Afstand vun fiefuntwintig Johren, kann ik seggen: Jo, villich harr ik mi de Hoor kämmen schullt. Aver darmols güng dat nich. Ik heff dat versöcht, ik heff de Hand eenfach nich hoch kregen. Deit mi leed.

Denn keem de dörtigste Hochtietsdag. Dar gifft dat keen Biller, aver ik besinn mi darop. Ik wull Fotos moken, aver denn harr ik doch keen Lust. Dat weern nich de besten Tieden twüschen mien Öllern un mi. Ik harr Birte funnen, un se muchen ehr nich. Dat Fest weer bi mien Öllern int Hus. Ik schull dat Eten vun den Partyservice holen, aver ik müss Birte noch wat wiesen op den Heuböön, un denn hett Birte mi wat wiest op den Heuböön. Dat Eeten müss töven, un Mudder weer füünsch, aver dat weer dat wert. Ik harr Arger mit mien Öllern, aver ik weer in sölvten Heven. Ik harr mien Fru.

De veertigste Hochtietsdag, vör teihn Johren. Mien Öllern as Olendeelers. Se un ehr Frünnen warrt olt. Birte un ik mit uns fief Kinners, de Familie komplett. Mien Broder mit sien Fru Gabi un sien Söhn Arik. Fotos an de Terrasse vun den Krog darmols, an Plöner See. Biller vun Lüüd, de schmökt in de

Sünn, ganz entspannt, un nu al lang doot. Denn wo dat Leven is, is de Doot nich wiet.

Un nu, hier, Golden Hochtiet, in de Gegenwart. Dat Album darto is noch nich fardig. Wat is allens passeert in düsse föfftig Johren. All de Geburten, all de Doden, all dat Glück, all dat Unglück. Truer, Arger, Striet. Aver ok Harmonie un Leevde, un dat nich to knapp. Hochtieden un Scheedungen. Krankheet un Gesundheet. Manche sünd verschwunnen, darför sünd annere dor. Mien Öllern nu olt un lütt un stief, aver noch op de Been, ok wenn de krumm un scheef sünd. Uns Kinner so groot, Marie, de öltste Deern, hett een spontane Reed holen un sik bi mien Öllern för all de Naschies bedankt. Birte un ik ümmer noch tosamen, mien Broder mit Katja, sien niede Levensgefährtin. Allens in Fluss, allens ümmer niet. Langsam is mien Vadder vun sien Platz opstahn, un mit faste un luude Stimm hett he »Prost!« ropen, un hunnertfiefuntwintig Lüüd hebbt dat höört un ehre Glääs hochböört. Un denn hebbt wi mien Öllern hoch leven laten. Een groten Chor vun Sängers un Nichsängers. Wi sungen luud un wi sungen falsch, aver dat hett sik richtig goot anhöört. Denn dat keem vun Harten.

Ik, in Gedanken, sung denn nochmol extra de Kinnergoorn-Version vun dat Leed, de Version, de wi in uns Familie bi jeden Geburtsdag tosamen an Middagsdisch schmettert. »Hoch sollen sie le-

ben / an der Decke kleben / runterfallen / Po ver-
knallen / Ja, so ist das Leben!« Woveel Wohrheit is
doch in düt lütte Leed!

Un mi brumm de Kopp vun all de Geschichten. Se
sünd dor, överall. De Welt is vull darvun. Man mutt
ehr blots vertellen.

Kieler Week

Ik geev dat ja nich so gern to, aver ik bün würklich een Bangbüx, wenn dat darüm geiht, op den Rummel oder in een Frietietspark in de Fohrgeschäfte rintogahn. Wenn wi dar mit uns Kinner ünnerwegens sünd, denn bliev ik meist buten stahn un kiek to, un oftins warrt mi al vunt Tokieken ganz flau in Kopp, un ik mook de Ogen to.

Dat is Tradition, dat mien Fru un ik mit uns Kinner eenmol int Johr nah de Kieler Week föhrt. Fröher weern wi denn jümmer mit de vulle Besetzung ünnerwegens, all fief Kinner, aver de dree groten mookt sik intwüschen lever ohn uns Spoßbremsen op den Weg nah de KiWo, üm sik een antotütern un sik dörch dat Gedränge to schuven. So sünd Birte un ik un de beiden Lüttsten Carla un Jon nu meist as een ganz normale Veer-Kopp-Familie – Vadder, Mudder, Söhn un Dochter – ünnerwegens. Wi loopt denn dörch de Massen, eet jichtenswo Ies oder Pommes oder beides tosamen un kiekt, wat dat all so gifft op de Kieler Week. Un wi föhrt Riesenrad. Dat hett Tradition. Dat is jümmer dat letzte, wat wi op de Kieler Week doot. Riesenrad föhren.

Fröher harr ik ja jümmer Angst, darmit to föhren. Aver Birte hett mi Moot mookt. De Kinner müssen denn verspreken, nich op to stahn un nich an de Gondel to dreihen, un ik möök toerst de Ogen to un konzentreer mi darop, dat Riesenrad nich ümfallen to laten. Un de Kinner nehmen Rücksicht un wi sünd dar jümmer heil wedder rut komen.

Eenmol, dat is een poor Johren her, dar weern Birte un ik alleen op de Kieler Week, an den letzten Avend, vör dat Afschlussfüerwark. Dat weer bald Tiet, nah Huus to föhren, un wi stünnen vör dat Riesenrad. Un Birte hett jümmer so schön op mi oppasst un weer jümmer so verständnisvull, wenn ik Angst harr, dar heff ik seggt: »Laat uns nochmol Riesenrad föhren.« Un wi hebbt uns Korten köfft un hebbt uns eene Gondel utsöcht. Un as wi darin seten, dar keem de ganze Kieler Politprominenz un sett sik in de annern Gondeln – Oberbürgermeister, Stadträte, wat weet ik, wokeen dat all weer – un knapp weer dat Riesenrad losföhrt, dar güng dat Füerwark los. Un statt de normolen fief Minuten duer unse Fohrt eene Dreeviertelstünn, denn dat weer de Ehrenfohrt för de Prominenz, un wi weern tofällig darbi. Een Dreeviertelstünn güng dat rund, op un daal, op un daal. Birte harr mi de Hand op den Arm leggt un beruhigend op mi inschnackt, un jichtenswann heff ik mi entspannt un heff ganz ruhig un souverän miene Leevste in Arm nohmen un vun den besten Platz in Kiel mit ehr tosamen dat grote Kieler-Woche-Füerwark bewunnert.

Dat weer mien schönstet Kieler-Woche-Beleevnis, un dat weer nix as Tofall. Dat weer so wunnerbor, ik harr noch ewig wiederföhren kunnt. Aver ok de Dreeviertelstünn weer jichtenswann vörbi.

Trampolinland

Machmol gifft dat so Modeerscheinungen, dar kannst di meist nich gegen wehren. Ton Bispeel rasiert sik mit een Mol alle den Intimbereich, un wenn du nah den Sport mit diene Mitsportlers ünner de Dusche steihst, kümmst du di al unnormol vör, wenn du Hoor an Büdel hest. Un du frogst di still un liesen, wo lang du dat noch uthöltst, anners as de annern to ween.

So is dat nich blots mit de Intimrasur, so is dat ok mit de Trampoline. Mit een Mol weer dat undenkbar, eene Familie to ween un keen Trampolin to hebben. Ja, ik geev dat to. Ok wi hebbt een Trampolin in Goorn stahn. Een grotet Trampolin, belastbar bit hunnertföfftig Kilo. Wenn keen annern dar is, kann sogor ik darop un dat Ding geiht nich twei.

Ik weet noch genau, wo dat weer, as de arme Mitarbeiter vun den Paketdeenst dat Trampolin bi uns aflevert hett. He faat sik an't Krüüz un jammer: »Boah, was ich in diesem Jahr schon an Trampolinen ausgeliefert hab! Eigentlich müssen jetzt so langsam alle eins haben!«

Un denn bün ik dörch uns Land föhrt un heff darop acht. Un dat is tatsächlich so. In alle, würklich alle Goorns in Dütschland steiht een Trampolin. Blots Kinner sühst du dar meist nich op. Meist staht de Trampoline unbeachtet un leer un trurig jichtenswo in Goorn rüm, een Denkmal vun Överfluss un Wohlstandsschrott. Liekers, se sünd ja funktionsfähig, un ik bün mi seker: Een richtig goden Trampolinspringer kann vun Flensburg bit Garmisch vun Trampolin to Trampolin jumpen, ohn een Mol de Eer de beröhren. Dat weer mol wat för dat Guiness Book der Rekorde. Ik meen, dörch Dütschland wandern, dat kann jedereen. Dörch Dütschland trampolinspringen, dat is nich ganz so licht to. Aver machbar, bestimmt.

Dat geiht aver erst wedder int Fröhjohr. In Moment is Winter, un de Trampoline sünd aftakelt, de Bespannung un de Rünnerfallschutznetze liggt ünner Dack in all de Bumarkt-Holtgoornhüüs, de ok in all de Goorns trurig vör sik hen gammelt, neven dat druckimprägnierte Schaukelgestell mit de lütte Rutsch daran. Wo de Trampolinskelette dar so eensam un verlaten in de Goorns staht, dat süht so trostlos ut, so nutzlos, so sinnlos, ok in unsen Goorn, ik mag gar nich mehr ut Fenster kieken, ik heff Angst, ik kunn anfangen to weenen. Ik kiek nich mehr ut Fenster. Lever mook ik den Fernseher an.

De LAN-Party-Killer

Nülichs weer Birte över't Wekenend weg, un ok ik wull eegentlich vun Sünnavend op Sünndag in Berlin ween. Also hett unsen öltsten Söhn Peer dacht: »Oha, sturmfreie Bude!« un he hett inlaadt to siene bither gröttste LAN-Party.

Wokeen dat nich weet: LAN-Parties mookt in de Regel junge Kerdls twüschen föffteihn un twintig. All bringt se ehre Computers mit, de warrt all miteenanner vernetzt, un denn speelt se de ganze Nacht tosamen sogenannte »Strategiespiele«. Dat Geballer in düsse Speele is also rein strategisch.

Peer hett also dörteihn annere Jungs inlaadt. LAN-Party in unse Köök. De passen gar nich all rin, ofschoonst wi eene grote Köök hebbt. Acht Jungs seten an den Eetdisch, dree an de Arbeitsplatt un dree an een Beergoorndisch in Flur nevenan. Un ik bün doch noch nah Hus komen över Nacht, dat weer mi sekerer. Ik harr kortfristig för den Avend noch een Optritt in Schleswig-Holstein rinkregen.

As ik avends wegföhrt bün, dar seten all veerteihn

60

Jungs mit starren Blick vör ehre Monitore un weern ant Spelen. As ik Middernacht nah Hus keem, dar seten all veerteihn Jungs mit starren Blick vör ehre Monitore un weern ant Spelen. As ik nächsten Morgen wedder opstahn bün, dar seten all veerteihn Jungs mit starren Blick vör ehre Monitore un weern ant Spelen.

Dar harr sik nich veel verännert. Dat weer hitt in de Köök wegen de Hitten vun de Computers. De Luft weer schlecht, dat stünk nah Jungmannschweet un nah Jungmannpups. Överall legen lerdige Energy-drink-Dosen, Chipstüten un Pizzaschachteln rüm. Un ik heff dat schafft, mi in een poor Sekunden mit een Mol bi veerteihn junge Kerdls to een Hassobjekt to moken.

Wenn ik opstah, is nämlich jümmer dat erste, wat ik mook: Ik kook een Kann Kaffee. Un de dusendfiefhunnert Watt vun den Waterkooker weern eenfach toveel för unse Stromleitung, un nah een poor Sekunden flöög de Sekerung rut, un all de Monitore weern mit een Mol schwatt. Ik kunn nich anners, ik müss lachen, un veerteihn junge Kerdls wullen mi dootscheiten mit ehre Joysticks, aver de Computers weern ut, erledigt vun mi, den LAN-Party-Killer.

Wenigstens harrn de Jungs nu een Grund, int Bett to gahn. Insgeheim weern se mi dankbor, glööv ik. Dat harrn se aver nie nich togeven.

Internetbanking

Irgendwann, dat is al een poor Johren her, dar schnack mi de hübsche Fru in miene Bank an, ob ik al mol daröver nahdacht harr, miene Banköverwiesungen ganz bequem und kommodig övert Internet to moken, denn müss ik nich so oft nah de Bank hinföhren. Mmh, heff ik dacht, de Lüüd in de Bank find wohl, dat ik to oft dar bün, de möögt mi wohl nich mehr lieden. Also heff ik seggt, ik kunn dat ja mol utprobieren.

Toerst, dar weer dat so, dar heff ik as Kunde ut de Bank son Blatt Papier mit Transaktionsnummern mitkregen, de müss ik as Geheimnummern för de Överwiesung intippen. Dat weer würklich bequem. All dree Moont müss ik nah de Bank hin un mi niede Transaktionsnummern holen, den Rest kunn ik bequem sölben an PC moken. Aver denn meen mien Bank, dat mit den Zettel weer to unseker. Nu wullen se mi för jede Överwiesung per SMS eene Transaktionsnummer schicken, de ik denn intippen schull, innerhalv vun fief Minuten.

Eerst wull ik dat nich glöven, aver dat funktioniert. Aver dat kommodige Leven is vörbi.

Bi uns is dat nämlich so. De W-LAN-DSL-Router steiht int Büro un funkt bit in de Köök. Dar sitt ik mit mien Laptop un mook mien Bankgeschäfte. Dar heff ik aver keen Empfang mit mien Handy. De eenzige Rum int Hus mit Handyempfang is dat Zimmer vun mien jüngste Dochter in ersten Stock. Dar, op de Fensterbank, liggt bi dat Internetbanking denn mien Handy. Mien Internetbanking-Workout süht nu so ut:

Ik sitt an't Laptop un füll de Överwiesung ut. De Bank schickt mi de SMS mit de Transaktionsnummer. Ik loop trepphoch nah mien Handy, hool dat rünner, tipp de Nummer in't Laptop, schick de Överwiesung af, loop wedder hoch un legg dat Handy op de Fensterbank, loop wedder rünner, tipp de nächste Överwiesung in, loop wedder trepphoch nah dat Handy, treppdaal nah dat Laptop, Nummer rin, afschicken, Handy wedder hoch, wedder rünner an't Laptop, niede Överwiesung, un so wieder, un so fort. Bi'n Buern sünd dar licht mol föffteihn Överwiesungen an't Stück. Dat höllt fit, dat segg ik ju.

Ik glööv, mien Bank un mien Mobilfunkanbeter, de steekt ünner eene Deek. De denkt, so een goden Kunden, de mutt lang fit un gesund blieven, darmit he uns lang erholen blifft. Also hoolt se mi op Draff. Ik seh nich so ut, aver ik bün fit as een Turnschoh, dat köönt ji mi glöven.

De Kugelschriever

Kennt ji dat? Man is an't Telefon, will jüst wat op-schrieven, un denn is de Kugelschriever nich dar, wo he hen höört, un du fangst an to söken, un vil-lich findst du ok een, aver de schrifft nich, wiel jichtenseen fuule Söög den lerdigen Schriever nich weg schmeten hett. Un du löppst dörch dat Hus un schriffst di naher wat mit den Timmermannsblistift op, wiel dat de eenzige Schriever is, den du op de Schnelle finden kannst. Ik kenn dat ok. Kann ik mi de Pest an argern.

Aver dat is nu endlich vörbi. Nülichst heff ik näm-lich miene erste Visitenkort bestellt. Weer ganz bil-lig, in't Internet. Schlicht un eenfach: »Matthias Stührwoldt – Bauer und Autor«, dar ünner denn mien Adress, Telefon un E-Mail. Endlich, endlich kunn ik ok mit mien Fingern elegant in de Jackett-tasch langen un seggen: »Ich geb Ihnen mal meine Karte, für alle Fälle.«

In de Weken darnah heff ik faststellt, worüm de Vi-sitenkort so billig weer. De Druckers hebbt mien

Adress verscherbelt! Mit een Mol kreeg ik jede Menge Kostproben vun Werbeartikel toschickt, allens wat du di vörstellen kannst, un allens, wat nix döcht, aver allens mit den Opdruck: »Matthias Stührwoldt – Bauer und Autor«. Gummibälle, Aschenbeker, Plastikblomenvasen, Duschhauben. Vör allen Duschhauben. De nutzloseste Erfindung överhaupt. Woto bruukt man Duschhauben, wenn man noch klor in Kopp is?

Aver denn keem doch noch wat, wat ik bruken kunn. Een goden Dag keem mit de Post een lütten Karton mit een Kugelschriever, ok mit den Opdruck darop. Leider passten nich alle Bookstaven op den Stift, mien Indrag weer genau een Konsonanten to lang, un op den Kugelschriever stünn. »Matthias Stührwoldt – Bauer und Auto«.

Dat hett mi gefullen. Ik heff glieks dusend Stück darvun bestellt. Kugelschrievers heff ik erstmol noog.

Golden Hochtiet

Mien besten Fründ Peter is een Buernsöhn as ik, man blots dreeeenhalv Moont öller. He kümmt ut Neddersassen, ut de Neegde vun Osnabrück. Aver he leevt al siet över twintig Johren in Schleswig-Holsteen. He is een ganz feinen Kerdl, un he süht blendend ut, keen Gramm Fett, aver he is jümmer noch Single.

Nülichs heet Peter mi froogt, of ik mit em föhren wöör, nah de Golden Hochtiet vun sien Öllern. He wöör sik freuen, wenn ik dar een poor Geschichten vertellen kunn, üm de Hochtietsgesellschaft to ünnerholen, bi de Fier in Dörpskrog. Jo, heff ik seggt, un so sünd Peter un ik een goden Dag losföhrt, över de Elv, nah Neddersassen. Wi harrn sogor eene Övernachtung inplant. Wiel Peters Öllernhuus vull weer mit annere Övernachtungsgäste, harr Peter för uns een Doppelzimmer in dat eenzige Hotel int Dörp bestellt.

De Fier güng vörmiddags los, in de Kark, eerstmol een Gottesdeenst, wo Peters Öllern ok vun Paster nochmol den Segen kregen. Denn güng dat to Krog. De Paster weer ok darbi. As ik later sehn heff, kunn de düchtig fiern.

Afsehn vun Peters Öllern un sien Geschwister heff ik dar keen een kennt, un dar weern bestimmt sösstig oder söventig Lüüd. So stünn ik bi den Sektempfang mit mien Glas dar so rüm, un jümmer, wenn mi een frogend ankieken dä, heff ik seggt: »Moin, ich bin Matthias, ich bin aus Schleswig-Holstein und ein guter Freund von Peter.« »Mmh!«, antern de Lüüd, keken mi vun baven nah ünnen an un güngen wieder.

Denn schull dat Eeten los gahn, un all de Lüüd setten sik hin. Vörn an Familiendisch, direkt neven Peter, weer noch een Platz frie. Ik heff ja sünst keeneen kennt, un ik heff noch överleggt, of ik mi dar wohl hin setten schull. Ik heff dat nich mookt. Wat schüllt de Lüüd denn denken, heff ik dacht. Un ik heff mi an een annern Disch sett, wo noch een Platz frie weer. Ik seet neven een Bio-Imker un eene Bio-Imkerin, un Bio-Buer un Bio-Imker un Bio-Imkerin harrn sik glieks veel to vertellen. Dat weer lustig, dat geev Eten un Drinken, een oder twee oder dree Verdeelers achterran, de Stimmung weer goot.

Nah dat Eten geev dat eerst den Ehrendanz vun't Goldene Poor, un darnah weer Damenwahl. De Bio-Imkerin forder mi op, un wi danzen, oder wat man so danzen nennt, ik kann ja nich danzen. Wi wackeln also so över de Danzfläche, dar sä de Bio-Imkerin to mi: »Peters Eltern wissen doch über euch Bescheid, oder?« »Hä?«, fragte ik. Se anter: »Ja, ich mein, Peters Eltern, sie wissen doch, dass ihr zusammen gehört, Peter und du, dass ihr ein … ähem … Paar seid?« »Oh, nein, nein!«, anter ik. »Das ist nicht so, wie es jetz vielleicht aussieht. Ich bin Peters bester Freund, aber wir sind kein Paar. Ich bin verheiratet, seit zwanzig Jahren! Und Birte und ich, wir haben fünf Kinder!« Dar keek de Bio-Imkerin ganz bedröppelt un sä: »Oha, für die war das bestimmt auch ein ganz schöner Schock!« »Ich bin nicht schwul!«, sä ik dar, un de Bio-Imkerin keek mi an, leeg mi eene Hand op den Arm un sä ganz inföhlsam: »Schon gut, schon gut, ich hab kein Problem damit. Ich finde nur, man sollte zu seinen Neigungen stehen. Dieses ewige Versteckspielen macht doch auch keinen Sinn!« Ik keek ehr an. Mi weer bald allens egol. Wenn eerstmol een Gerücht in de Welt is, denn warrt dat desto hartnäckiger, desto mehr du dat dementieren deist. Un ik heff opgeven. Schullen de Lüüd doch denken, wat se wullen.

»Jo, Peter is nich mehr alleen. He hett sien besten Fründ mit. Se sünd sogor tosamen in't Hotel. Een Doppelzimmer! Mit Doppelbett! So warrt dat aver nix mit noch mehr Enkelkinner för dat Ehrenpaar! Jedenfalls nich vun Peter un sien besten Fründ!« Irgendwie güng de Dag rüm. Wi hebbt noch Masse

68

Spoß hatt. Fiern, singen, danzen, supen köönt de Neddersassen jüstso as de Holsteiner. Un as de Fier to End güng un Peter sien schmeerigen Vetter verafscheed sik, dar sä he: »Tschüß, Ihr beiden Hübschen! Sucht euch man einen schönen, warmen Platz zum Schlafen! Und nicht vergessen: Wenn ihr zusammen duscht, immer schön die Seife aufheben!« Un he grien so blööd. Aver intwüschen weer mi sowieso allens latte, dat füng al an, mi richtig Spoß to moken, un ik grien trüch un ik fröög: »Na, Süßer, was ist, wist mitkommen?«

Entsetzt keek he mi an un sä: »Uuääks! Nee, danke!« Ton Glück. Nich uttodenken, wat west weer, wenn he »Ja!« seggt harr.

Dat Paradies

Een klogen Kerdl hett mol seggt: »Die Erinnerung ist das einzige Paradies, aus dem wir nicht vertrieben werden können.« Recht harr he. Doot bleven is he liekers. Aver sien Spruch hett em överleevt.
Düsse Spruch is wohr, aver dat is nich de ganze Wohrheit. Dat beste is, dat man sien Erinnerung ok jümmer noch verännern kann. Verschlechtern oder verbetern. Meist verbetern. So is de Erinnerung ok een Paradies, dat wi uns sülven tosamen buun köönt, jüst so, as wi dat hebben wüllt. Dat is ganz praktisch so.
Dat mark ik jümmer wedder, wenn ik mien Geschichten vertell. De wenigsten darvun sünd wohr. De meisten sünd dree viertel wohr un een viertel logen, aver een viertel is jümmers noch een viertel, un de Geschicht is unwohr. Aver je öfter ik de unwohren Geschichten vertell, desto mehr fang ik an to glöven, se sünd jüst so passeert, as ik ehr opschreven heff. Un machmol mutt ik richtig överleggen, wat nu würklich passeert weer un wat nich. Un af

70

un to krieg ik dat gor nich mehr uteenanner klamü-
stert. Dar beschwer ik mi af un to, dat mien Lesers
nich ünnerscheden köönt twüschen mi as Minsch
un mi as Verteller, aver mi geiht dat meist jüst so. Is
ja ok schwor.

Een Belevnis, dar bün ik nülichs erst an erinnert
worrn, as ik een Optritt in Dannau harr, wo ik op
een Biohof in de Lehr weer. Ik heff darmols in dat
Dörp in Vereen Football speelt. Wiel ik vun den
Biohof keem, harr ik in de Mannschap glieks mien
Ökelnom weg. Se hebbt mi all eenfach »Ögo« ro-
pen, un ik heff darop hört. Wi sünd in dat Johr in de
Kreisliga opstegen, un unsen Sponsor hett darnah
de Profi-Mannschap vun Schalke 04 för een Speel
inladt. Dat weer darmols noch nich de »FC Gaz-
prom Gelsenkirchen«. Schalke speelte darmols in de
tweete Liga. Se weern in de Neegde in't Trainings-
lager, un för 10 000 Mark hett de Dannauer Dörps-
bäcker ehr nah Dannau hoolt.

Ik harr dat meist vergeten, aver as ik nülichs in Dan-
nau weer, hett mi eener een Zeitungsutschnitt ge-
ven, dar stünn dat in. Ik weer sogor op Foto. Un dar
stünn, wi harrn 0:15 verloren. Un de Erinnerung
keem wedder, wo humorlos de Schalker speelt
hebbt. Dat weer ehre Saisonvörbereidung, un all de
Speelers hebbt üm de Stammplätze kämpft. Nich
mol een lüttet Ehrentor hebbt se uns gönnt, Ingo
Anderbrügge, Matthias Herget un all de annern. Se
harrn ok gegen Pappkameraden spelen kunnt, wi

lepen dar op den Platz rüm as Statisten. Dat hett nich veel Spoß mookt, mien eenziget Speel gegen Profis.

Also heff ik beschloten, mi mien eegen Wohrheit to basteln, mien eegen Paradies. Un nu is mi wedder infullen, wo dat darmols weer. Ik weet dat wedder ganz genau. Dat weer keen Fründschapsspeel, dat weer een Pokalspeel. DFB-Pokal, erste Runde. Dannau tohuus gegen Schalke. Kreisliga gegen tweite Bundesliga. Op dat Papier een klore Saak, aver de Pokal hett siene eegenen Gesetze.

Ik kunn nich vun Anfang an bi dat Speel darbi ween, ik harr an dat Wekenend Deenst op mien Lehrbedriev un müss erst de Köh melken. As ik nah den Sportplatz hin keem, weer de tweete Halvtiet halv vörbi un Schalke leeg 2:0 in Führung. Denn bün ik inwesselt worrn. Ik harr mi so beielt, ik harr sogor noch miene Gummisteveln an. Egol, erstmol heff ik gau twee Tore schoten, un dat stünn unentscheden, 2:2.

Denn keem de letzte Minut. All harrn sik al op de Verlängerung inricht, de Schlangen an Beerpilz un Wuststand worrn lang un länger, dar kreeg ik den Ball nochmol an de Mittellinie, dreih mi Richtung Schalker Tor un trock af. Ik harr soveel Schwung, mien rechten Gummistevel flöög mit weg. Un Vollack, de Schalker Torwart, keem in Tüdel mang den Ball un den Gummistevel. Den Stevel hett he holen: den Ball hett he dörchlaten. So hebbt wi mit

Dannau in de letzte Minut 3:2 gegen Schalke wunnen.

De Bürgermeister hett uns noch op den Platz to Dannauer Ehrenbürger mookt, un ganz Dütschland hett in de Sportschau över Schalke lacht.

Tja, so weer dat darmols. Dannau gegen Schalke. De gröttste Moment in mien Footballerkarriere. Een legendäret Speel. Ik warr dat nie nich vergeten.

Mien Klassenlehrer

Dat weer letzten Winter, een Sünnavendvörmiddag. Ik harr een Optritt bi de Plöner Landfruun, ik schull een beten wat vertellen nah dat Landfruunfröhstück. Darnah heff ik noch een poor Böker verköfft un signiert, un as ik denn ut den Sool in de Gaststuuv keem, dar seet he dor. Herr Kowallik, Manner Kowallik, mien Klassenlehrer in de neegte un teihnte Klass, in Plön op Gymnasium. He weer mit sien Fru, sien Söhn un twee Enkelkinner dar. Se wullen dor in Krog Middag eten.

Ik heff em sofort kennt, un he kenn mi sofort. He weer mien Klassenlehrer, as ik för een Kasten Beer friewillig een Söss in Französisch schreven harr. He weer mit mi int Krankenhus in Kirchberg in Tirol, as ik op de Skifohrt vun de Pist afkomen weer un mi dat Knee pulveriseert harr. He weer mien Engelschlehrer, as ik mi in de neegte Klass merrn in de Engelschklausur meld heff, de ik vörher in Rekordtempo trech schreven harr, un as he mi ankeek, sä ik: »Darf ich mal aufs Klo? Ich hab Durchfall?« He nick, un ik leep los, vun den Klassenruum in tweeten Stock daal int Souterrain na't Jungsklo, aver op de letzte Trepp heff ik mi in de Büx scheten. As ik denn naher nochmol kort in de Klass weer, üm mien Ranzen to holen, dreih de lange Dirk Jensen sik üm un fröög: »Na, Hose braun?« Ok in de Arbeit harr ik eene Een, ik weer een goden Schöler, aver ik harr lever een Fief hatt un mi nich in de Büx scheten, aver manche Saken kannst di nich utsöken.

As he mi klook kregen harr, stünn he op un keem op mi to. He weer öller, jo, siet teihn Johren in Pension, weniger Hoor op den Kopp, aver he harr ümmer noch düsse charakteristische Ünnerlipp, de mit een spöttischen Utdruck so een beten scheef rünner hüng. Wi schnackten een beten, un he vertell, dat he een vun miene Leser weer. Besünners de plattdütschen Texte harrn em dat andoon: »Matthias, die Geschichten auf Platt – wirklich, ein Hochgenuss!«

As he dat seggt harr, dor heff ik mi bannig freut. Un as ik in sien Gesicht keek, heff ik sehn, dat he een beten stolt op mi weer. He hett mi darmols wat bi bröcht, in de School, un hüüt, meist dörtig Johren later, kann ik em een beten wat trüch geven, mit mien Geschichten. Un mi full dat dor nich in, aver an leevsten harr ik em seggt: »Süh, Herr Kowallik, dat is nich allens umsünst west, all de Johren de Plackerie mit frömde Gören. Machmol dücht een dat so, aver: Nich allens is umsünst!«

He is doch unsen Jung!

Frünnen vun mi, de harrn een Jung, de hett ehr böös veel Arger mookt. He hett sopen, Drogen nohmen, mit Drogen dealt, Autos klaut un in Suff to Klump föhrt. Ut One-night-stands sünd Kinner worrn, un he harr ständig Arger mit de Polizei. Nich jeden Dag, aver doch recht regelmäßig, un jichtenswann weern mien Frünnen dar leed op, un se wulln ehren Jung verstöten un nix mehr mit em to doon hebben.

Un as dat sowiet weer un mien Fründ un sien Fru wulln ehren Söhn rutschmieten, dar kunnen se dat nich. Se seten tosamen an Kaffeedisch un wullen Schluss moken, aver dat güng nich. An't End seten de dree dar, weern an't Blarrn as dull un hebbt sik tosamen rappelt.

»Wat willst moken? Ik kann nix moken!«, sä mien Fründ to mi: »He is doch unsen Jung! Nütz jo nix!« Un he zuck mit de Schullern un keek mi an. Trurig, aver gewiss. He weer sik seker, nah all de Johren.

He is doch unsen Jung. So eenfach weer dat för mien Fründ un sien Fru. Siet dat so is, geiht de beiden dat recht wat beter. Nütz jo nix.

Hotties un Unhotties

Wi weern nülichs mit de Familie in Urlaub, in de Wiehnachtsferien för een Week in de Sünn, nah Lanzarote. Een Week mit söven Lüüd all inklusive int Veer-Sterne-Hotel, dat is de Gegenwert vun ölven dörchschnittliche Schlachtköh. Aver wi harrn dat mol nödig, un wi hebbt uns dat gönnt. Een Week nich melken, een Week keen Fuddern, Misten, Instreuen. Een Week nich koken, een Week nich afwaschen, nich mol Geschirr wegstellen. Een Week keen Kattenklo sauber moken, een Week nich mit de Köters rut. Un een Week keen Schietweder. Länger as een Week höltst du sowat gor nich ut, sünst dreihst du dörch.

Wi weern mit Afstand de gröttste Familie int Hotel. Fief Kinner, un unse beiden gröttsten Deerns – sössteihn un achtteihn Johr olt – in dat Öller, wo se junge Kerdls antreckt as een Misthupen de Mistflegen. Dar weern twee Gruppen vun junge Kerdls int Hotel, de jeweils to veert ohn Anhang Urlaub moken dän. De eene Grupp weer in Dörchschnitt een beten attraktiver – düsse Grupp kreeg vun unse Deerns den Nomen »Die Hotties« – un een Grupp weer in Dörchschnitt een beten weniger schön – de kregen den Nomen »Die Unhotties«.

Nu sünd aver in sone Grupp ja nich all de Lüüd liek schön oder hässlich, also müssen unse Deerns sik noch tosätzliche Afstufungen överleggen. Op düsse Wies geev dat för de männlichen Singles int Hotel bald veer verschedene Kategorien. Dat geev de »hotten Hotties«, de »unhotten Hotties«, de »hotten Unhotties« un to allerletzt de »unhotten Unhotties«. Dar is ja klor, wat ganz boven un ganz ünnen in de Prioritätenlist is.

Een beten wat schworer is dat mit de mittelsten Kategorien. Dar kümmt man richtig int Philosophieren. Wi seten int Hotel ant Eten, mien Fru un ik, dar heff ik ehr fragt, wat ehr lever weer: een unhotten Hottie oder een hotten Unhottie. Ik för mi sülven harr dacht, een unhotten Hottie is ja jümmers noch een Hottie un darüm höger antosiedeln as een hotten Unhottie, aver mien Fru sä to mi, dat een hotten Unhottie jümmers noch hot un dat de unhotte Hottie doch unhot is, also sä se, ehr weer de hotte Unhottie lever as de unhotte Hottie, wenn se sik denn entscheden müss. Sünst kunn se ok gern alle mol utprobeeren un nochmol sülven kategoriseeren, wat nu würklich hot oder unhot weer.

Un se nehm een depen Schluck ut ehr Wienglas, lächel ehr schönstet Lächeln, keek mi in de Ogen un sä: »Aber wie auch immer. Hottie oder Unhottie, hot oder unhot – lieben tu ich nur dich!«

Ach, dat güng mi rünner as een jungen Füerwehrmann dat Glas Cola-Korn. Aver hett se dat würklich seggt? Oder heff ik dat blots dröömt?

Feldbettenfrünnen

Eegentlich bün ik ja een richtigen Nordeuropäer. Wenn ik mol in Urlaub föhr, denn will ik eher nah Norden as in Süden. Een Birkenwald in Skandinavien wörr ik den Strand vun Malle jümmers vörtrecken. Weer uns Dochter Nora nich för een halvet Johr nah Costa Rica gahn, üm dar Spanisch to lehren – ik weer nich op de Idee komen, dar hen to flegen. Aver so hebbt Birte un ik een Flug nah San José bucht, eene Week Mittelamerika. Een poor wenige Daag twüschen An- un Afreise, aver mehr Tiet harrn wi nu mol nich.

Eegentlich weer de Flugplan so. Vun Hamburg nah Frankfurt, ümstiegen, vun Frankfurt nah San José, mit een Twüschenstopp in de Dominikanische Republik. Leider weer unsen ersten Fleger een halve Stünn to laat, un wi hebbt den Anschlussflug in Frankfurt nich kregen. Also wörrn wi ümbucht. Nächsten Morgen schull dat wieder gahn. De Alternativroute weer: Vun Frankfurt nah Amsterdam. Vun Amsterdam nah Panama. Vun Panama nah San

José. Angeblich weer Messe in Frankfurt un alle Hotels in Ümkreis vun 200 Kilometer – oder 200 Meter, dat weet ik nich mehr so genau – vull, aver se kunnen uns jeden een Feldbett in Terminal anbeden. Wat to eten un to drinken geev dat ok. Water un Müsliriegel mit Erdbeergeschmack. Weer dat schön. Knapp vun tohuus weg, un wi weern merrn int Aventüer.

So hebbt wi also mit hunnert anner Lüüd tosamen eene Nacht in Frankfurter Flughafen tobröcht. Nächsten Morgen heff ik een Kerdl ut Schottland kennen lehrt, een langen Lulatsch mit lange rode Locken. He harr mi fragt, of ik wohl op siene Saken oppassen kunn, in de Tiet, wo he sik waschen wull. Ja, heff ik seggt, un achteran keemen wi int Schnakken. He harr mit sien Fru un sien dreejohrige Dochter in Kanada leevt un weer jüst wedder nah Schottland trocken. In Kanada harrn se eene Katt hatt, Kitty. Dat weer schwor west, de Katt vun een Nicht-EU-Land nah Schottland intoföhren, also harr he Kitty erstmol to eene dütsche Fründin in Bad Homburg bröcht. Dar schull se dree Moont blieven, denn wull he ehr nah Schottland holen. Nu weer de Katt in Bad Homburg aver utneiht. Af un to harr de Fründin ehr noch sehn, aver nu al lang nich mehr. Liekers weer de Schotte nah Bad Homburg reist, denn sien lütte Dochter weer unglücklich un jammer siet dree Moont den ganzen Dag: »Where is my Kitty cat? I miss my Kitty cat!« Dat geev, so sä he, blots twee Alternativen. Röver flegen un Katt söken oder sien Dochter de Stimmbänder dörchschnieden. Klor, wat dar erste Wahl weer.

In Bad Homburg weer mien nieden schottischen Fründ denn mit Kattenfudder dörch de Straten lopen un harr sien Katt ropen, een ganzen Dag lang. De Navers stünnen achter de Gardinen un schütteln de Köpp, mennig een wull villich al de Polizei oder de Irrenanstalt anropen, un dat weer den Schotten al recht wat pienlich. Aver mit een Mol weer Kitty ut Gebüsch kropen un em op den Arm sprungen. Se weer moger, se weer struppig, aver se weer noch an't Leven. Nu wull he mit ehr nah Schottland reisen un freute sik darop, vun sien Dochter mol wedder wat anners to hören as: »Where is my Kitty cat? I miss my Kitty cat!«

De schönsten Geschichten schrifft dat Leven, heff ik dar dacht. Un ik heff mi freut, dat uns Dochter in Costa Rica uns vun Fleger afholen wull. Ik möss nich mit een Teller Nudeloploop – ehr Lievgericht – dörch San José lopen un ehr söken un ropen. Wat een Glück ok.

Ik weet nich mol, wo de Schotte heten deit. Wohrschienlich warr ik em mien ganzet Leven nich wedder sehn. Aver wi hebbt uns droopen, wi hebbt neveneenanner in Frankfurter Flughafen schlopen, wi hebbt nett miteenanner schnackt. Wi sünd Feldbettfrünnen. Un nu is he in mien Geschicht.

Wi Globetrottels

Miene Leevste un ik, wi sünd ja een richtig internationalet, multikulturellet Poor. Birte kümmt ut'n Kreis Rendsburg-Eckernföör, ik ut'n Kreis Plön. Över düsse Grenzen weg hebbt wi toeenanner funnen, darbi sünd de kulturellen Ünnerscheede twüschen den olen Kreis Rendsburg un den olen Kreis Eckernföör al enorm. Ik meen, Birte ehren olen Käfer wull de TÜV in Rendsburg ut'n Verkehr trekken, aver as Birte mit'n kotten Rock in Eckerföör bi'n TÜV weer, hett de Käfer de Plakette sofort kregen. In den Bericht stünn: »Ohne Mängel.«
Kennenlehrt hebbt Birte un ik uns, as ik Zivi in Kreis Rendsburg-Eckernföör weer. Ik weer dar Entwicklungshölper. Dat erste Mol küsst hebbt wi uns aver in Dänemark, op de Insel Rømø. Sietdem sünd wi tosamen bleven, un wi hebbt twors nich de ganze Welt tosamen bereist, aver wi weern ton Bispeel al in Ostholstein, in Niemünster, Dithmarschen, Nordfriesland un Stormarn. Nich to vergeten England, Malta, Spanien, Schweden, Norwe-

gen, Belgien, Holland, Island un Madison, Wisconsin, USA. Dat is nu nich so veel för tweeuntwintig Johren tosamen leven. Aver beter as nix.

Dar is aver keen Johr, wo wi soveel vun de Welt sehn hebbt as düt Johr. Toerst weern wi in Januar op Lanzarote, un in Juni hebbt wi unse Dochter Nora ut Costa Rica afholt. Un dar kannst nich mit Auto hinföhren. Also müssen wi flegen. Wat hebbt wi dar all to sehn kregen!

Hamburg. Weltstadt. Wat för'n Flughafen! De eene Halle harr ik geern as Kohstall, Maschinenhalle, Riethalle. Wörr allens tohopen dar rinpassen.

Frankfurt. Weltstadt. De Terminal weer so gemütlich, wi hebbt dar glieks eene Nacht tobröcht.

Amsterdam. De Flughafen – naja, nich soveel anners as Hamburg un Frankfurt.

Panama. Weltstadt. De Flughafen stylt in den total angeseggten Shabby-Schick. Avantgarde, segg ik blots, Avantgarde.

San José, Costa Rica. Quirlige Metropole. De Flughafen mit een total hippen Lost-and-found-Schalter för Gepäck. Wobi dat eher een Lost-and-noch-nich-wedder-found-Schalter weer. Dar in de Schlange stahn. dat mutt een beleevt hebben!

Santo Domingo, Dominikanische Republik. Diktatur mit Touristik-Afdeelung. De Flughafen sehg vun Fleger ut ok nich anners ut as all de annern. Wi sünd sitten bleven. Weer blots een Twüschenstopp.

Frankfurt. Keem mi bekannt vör.

Hamburg. Irgendwie ok.

Eene Reis. Söss verscheedene Flughafens in acht Daag. All anners un all gliek. Wi weern richtige Globetrottels, dat kann ik ju vertelln. Den multikulturellen Gipfel hebbt wi in Costa Rica tofaten hatt, as wi as Dütsche in düt Land mit een koreanischen Mietwagen een lütten Unfall mit eene kolumbianische Radfohrerin harrn. Dat dreih sik in mien Kopp vör luder Internationalität!

Intwüschen sünd wi wedder tohus. Un al mol wedder in Kiel un in Plön west. Ümmer op Achse, un ümmer tosamen. Dat gifft noch so veele Länder, Städte un Dörper, de wi noch nich bereist hebbt. Aver dat halve Leven liggt ja noch vör uns, villich. Wi warrt in Tokunft noch veel grötere Globetrottels warrn, dar bün ik mi seker.

Ünnerwegens

Ik bün geern ünnerwegens. Ik föhr geern mol weg vun tohuus, ok wenn dat as Buer gor nich so eenfach is, den Afsprung to schaffen. Mien Fründ Redlef seggt: »De ersten föfftig Meter weg vun Hof, dat sünd de schlimmsten. Darnah is allens egol.« Recht hett he. Un ik finn dat jedet Mol wedder enorm, wo schön dat is, wedder nah Huus to komen, wenn man weg weer. Dat is dat schönste överhaupt. Home sweet home.

Egol, wo ik hinföhr, nah een poor Daag krieg ik een richtigen Janker nah Köh. Se fehlt mi eenfach. Ik mag ehr so gern ankieken, wi se staht oder liegt un wedder kaut, as wenn de ganze Welt egol is. Ik vermiss ehren Geruch. Machmol krieg ik denn richtig Heimweh, un fröher hebbt mien Kinner, wenn wi op Fuerteventura oder Lanzarote in Urlaub weern, wo dat keen Köh gifft, för mi Biller malt, mit Köh op de Weid, üm mi to trösten.

An leevsten mook ik Urlaub, wo dat ok Köh gifft. So kann ik ünnerwegens mol anholen, wenn ik

Köh seh, ehr een beten tokieken un mit ehr schnacken. Se kiekt denn jümmer een beten blööd, villich verstaht se mi nich, aver blööd kieken köönt se ja sowieso jümmer ganz goot, egol op dat dütsche, schwedische oder engelsche Köh sünd.

Dat erstaunlichste is aver jümmer de Geruch. Kott seggt is dat so: Wo dat nah Koh rüükt, föhl ik mi tohuus. Un Köh rüükt överall op de Welt ähnlich, wenn nich gliek. Dat heff ik nülichs erst wedder beleevt. Wi weern in Costa Rica mit een Mietwagen ünnerwegens, un mit een Mol kemen wi an een Weidemelkstand vörbi, wo veele Köh scheten harrn. Int Vörbifohren heff ik dat roken, denn bün ik in de Iesen stegen, heff dat Auto trüchsett un erstmol den Duft inhaliert, so richtig op Lunge. Glieks güng mi dat beter, un ik kunn wieder Urlaub moken un mi twüschendörch op tohuus freuen.

Jo, ik bün geern op Achse. Jümmer mit'n Mors op de Landstraat. Ik freu mi al op dat nächste Wegföhren. Un op dat nächste Nahhuuskomen. Hauptsaak, wi dreept Köh ünnerwegens.

Melken

Wenn ik, wat af un to vörkümmt, een Interview geven mutt, denn gifft dat dree Fragen, de jümmer wedder koomt.

De erste is: »Wie kommt es, dass ein Bauer schreiben kann?« Ik segg denn jümmer: »Ik bün to School gahn!«

De tweete is, ob ik tatsächlich noch Buer bün. »Joo!«, is mien Antwort.

De drütte is, ob ik denn sölben noch melken do. Un wedder segg ik: »Joo.« Un wieder: »Wenn ik tohuus bün, melk ik mindestens eenmol an Dag. Meist morgens, tosamen mit mien Mudder.«

Üm ehrlich to ween, kann ik mi dat Leven ohn Melken gar nich richtig vörstellen. Vun 1968 bit 1989 un denn wedder siet 1998 leev ik opn Buernhof, wo twee mol an Dag molken warrt. Un in de negen Johren dartwüschen heff ik ok jümmer mol molken, bi mien Öllern opn Hof. Melken höört to mien Leven darto, so as eten, schlopen, op Toilette gahn un mien Fru bewunnern.

Ik meen, wat schall een Buer ok moken, morgens, wenn he keen Köh hett? Dar lohnt dat Opstahn doch gar nich. Denn sitt'st du dar un stierst in dien Kaffee, un achteran kannst du mitn Köter gahn un em bit Schieten tokieken. Nee, danke. Dar melk ik lever. Dat strukturiert mien Dag so angenehm, un ik heff nie nich Langewiel. Ik koom mi nich nutzlos vör. Un egol, wat los west is an Dag, ob dat een beschetenen oder een wunnerboren Dag weer, eens is gewiss: Morgens warrt molken, un avends warrt molken. Ob een doot bleven is, ob een geboren is, ob een heirat hett oder sik scheeden lött – molken warrt liekers. Dat is machmol een Last un machmol een Glück, aver dat is de Wohrheit. Dat Leven geiht wieder. An nix anners warrt dat so dütlich as an de Notwendigkeit to melken, wenn du Köh hest.

Un Melken bringt mi rünner. Erdet mi. Ik mutt mi tosamen rieten un in Melkstand ankomen. Dat Melken lett sik nich beschleunigen. Ik bruuk darvör mien Tiet, un Melken entschleunigt un entspannt mi. Un wenn ik denn dar bün un ik heff mi verpust un de Gedanken fangt an to wassen in de Warms vun de Köh un ehren regelmässigen Aten bit Wedderkauen, denn duert dat nich lang, un mi koomt de besten Ideen. Ohne Melken harr ik villich nie mit dat Schrieven anfungen.

Liekers, machmol nervt de Köh. So as hüüt: de Lehrling hett frie, mien Söhn hett keen Bock, un ik mutt alleen melken, aver ik heff gor keen Lust.

Denn wünsch ik mi machmol, ik kunn de Köh övert Wekenend dröög stellen un frie hebben so as anner Lüüd un mitn Köter gahn un em bit Schieten tokieken. Un wenn ik dat dacht heff, denn freu ik mi al wedder op Melken.

So. Dat Book is vull, un Kaffeetiet is vörbi. Ik mutt nu rut in Stall un melken. Dormit dat hier mol wieder geiht!

Gassi gahn *(Dat Hörbook)*

18 der Geschichten aus diesem Buch sind als Live-Mitschnitt einer Lesung beigefügt – die CD ist auf der Innenseite des hinteren Umschlagdeckels zu finden!

In den Köök 3:10
De Huuswirtschaftslehrling 3:01
Schlittschohlopen 3:07
Oma plückt Maiglöckchen 4:07
Gassi gahn 3:29
De Resteschwien 5:19
Handwerkersprüche 4:14
Melken mit Mudder 3:22
An Mors kleien 4:42
Keen Eenspänner 2:55
Een Welt, vull mit Geschichten 11:50
De LAN-Party-Killer 3:22
De Kugelschriever 2:31
Dat Paradies 5:08
Mien Klassenlehrer 3:06
Hotties un Unhotties 3:41
Feldbettenfrünnen 5:05
Melken 3:47

Foto auf der CD:
Günter und Roland Pump, Nordhastedt / Eggstedt.
Diese CD wurde bei einer öffentlichen Veranstaltung im August 2012 in der Bücherhalle in Hamburg-Harburg aufgenommen.
Aufnahme, Schnitt und Mastering: Karsten Böttcher, Hamburg.
Herstellung: optimal media GmbH, Röbel / Müritz.